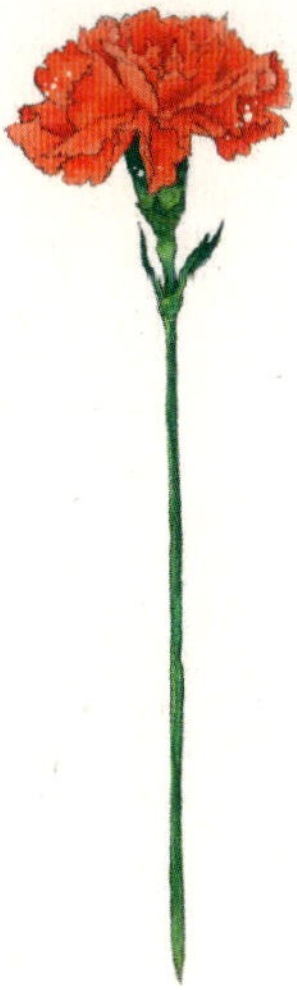

死に顔の最も美しい死に方は
何であろうか

我到如今依然难以忘掉她。

后来，我把她的往事写进了《魂断阿寒湖》这部小说。

以下是开头的一句：

怎样死去的遗容最美？

这是我——不，是她的死促使我写的。

——【日】渡边淳一《我永远的家》

渡边淳一

侯为◎译

我永远的家

いくつになっても　陽だまりの家

【珍藏纪念版】

青岛出版社
QINGDAO PUBLISHING HOUSE

一

渡边淳一

photo by takao Akimoto

作者于 2003 年
获得首相紫绶勋章

左起——父亲铁次郎
母亲美登莉
本人淳一
弟弟纪元
在札幌自家的客厅里

札幌第一中学（札幌一中）时代的朋友和我（右）当时我就个子较高

五

大学时代的照片，一本正经的表情
由于进大学后在一、二年级时玩疯了
所以没能在北海道大学升入理想的学部
于是，我打算报考编入京大文学部哲学专业

弟弟（图下）比我小7岁
我进大学那年他还是小学生
所以很少在一起玩耍
图为我们跟猫咪『尼克』在一起

加清纯子和同班同学
与其说是雪雕像，不如说是由于严寒冻成的冰雕
雕凿过多的部位只要浇上水立刻冻结，便于修改

渡边淳一与加清纯子

1948年，15岁就有作品入选『道展』的加清纯子
被称作天才少女画家而颇受瞩目
我因学区重组而与她成为高二同班同学

北海道大学时代的笔者（图右）与同学在一起
我原先希望学文科，但因为当时北大的文科师资较弱
所以一、二年级的基础课程选择了理科

渡边淳一
photo by takao Akimoto

文艺春秋《纯读物》10月刊
内刊载直木奖获奖作品《光与影》的封面

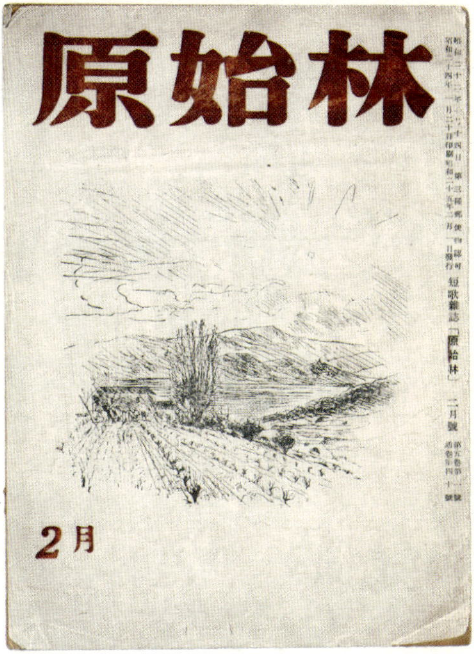

同人杂志《原始林》2月刊封面

《魂断阿寒湖》
遗作画集

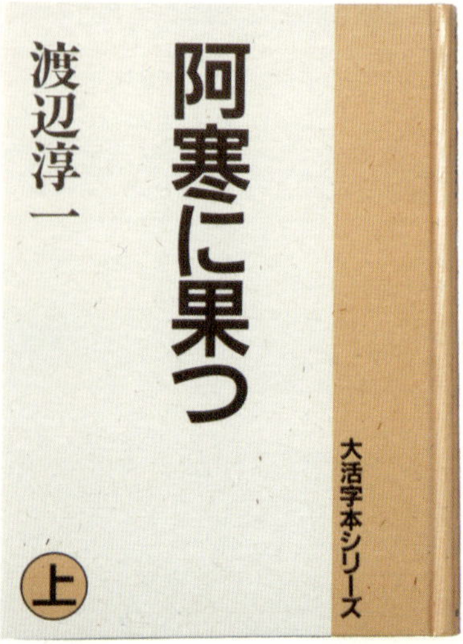

大活字本
《魂断阿寒湖》上

《魂断阿寒湖》新的文库本封面

《魂断阿寒湖》单行本封面

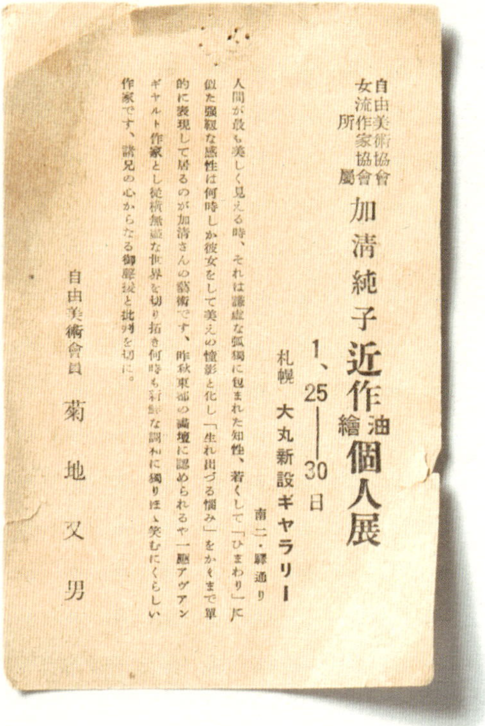

自由美術協會
女流作家協會
所屬 加清純子 近作油繪個人展

1、25——30日

札幌 大丸新設ギャラリー 南二・驛通り

人間が最も美しく見える時、それは謙虚な孤獨に包まれた知性、若くして「ひまわり」に似た強靱な感性は何時しか彼女をして美えの憧影と化し「生れ出づる悩み」をかくまで單的に表現して居るのが加清さんの藝術です、昨秋東都の畫壇に認められるや一躍アヴァンギャルト作家として縦横無盡な世界を切り拓き何時も新鮮な調和に獨りほゝ笑むにくらしい作家です、諸兄の心からなる御聲援と批判を切に。

自由美術會員 菊地又男

清纯子近作油画个人展指南

加清纯子《自画像》

加清纯子的绘画作品
《墓段》

加清纯子的绘画作品
《同类项》

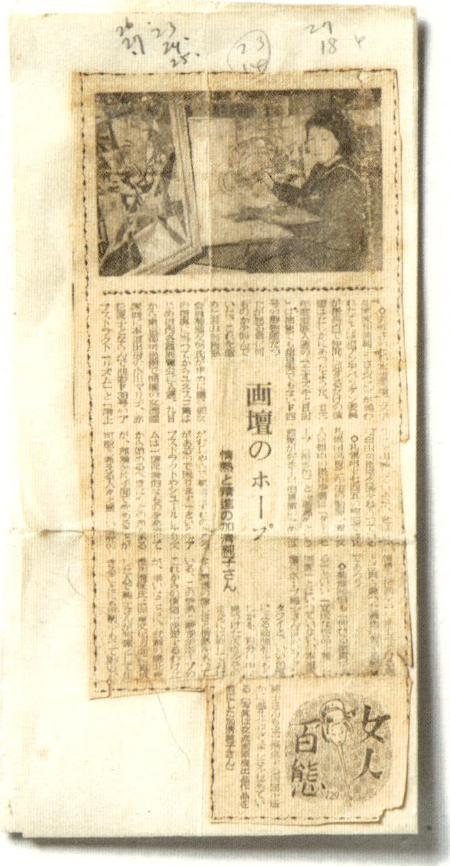

报纸报道：画坛的希望之星——热情而专注的加清纯子

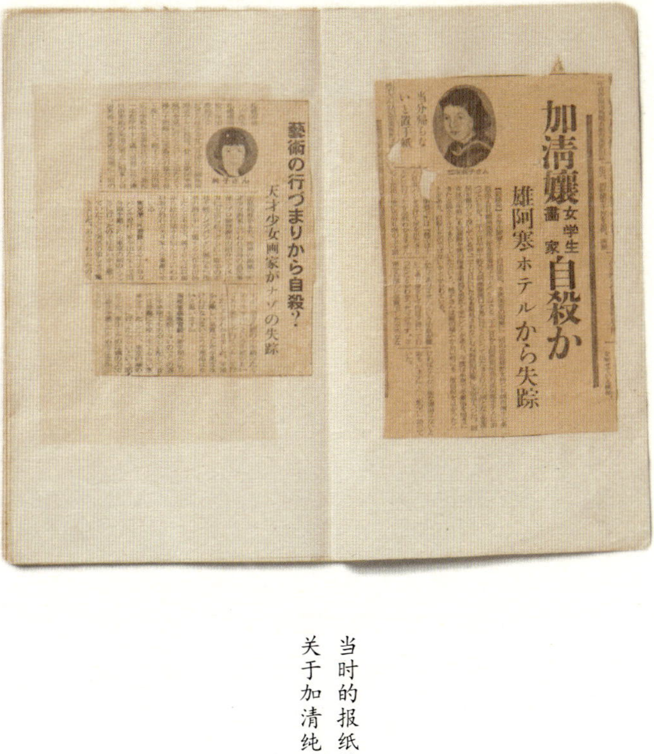

加清孃 女学生 画家 自殺か
雄阿寒ホテルから失踪

藝術の行づまりから自殺？
天才少女画家かナゾの失踪

当时的报纸剪报——关于加清纯子自杀事件

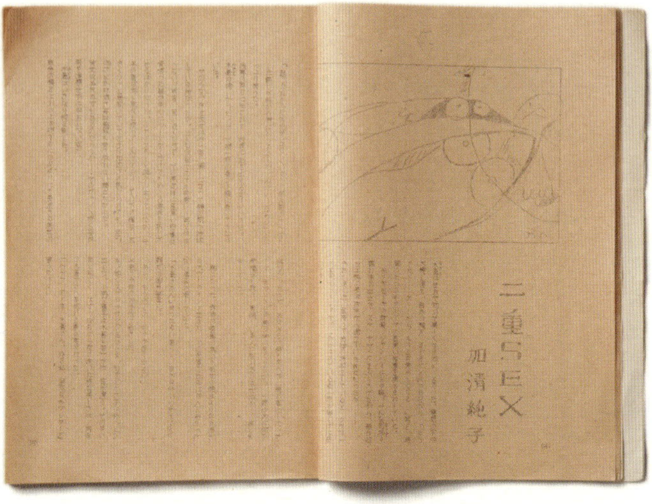

《青铜文学》上发表的加清纯子的文章

加清纯子情书一

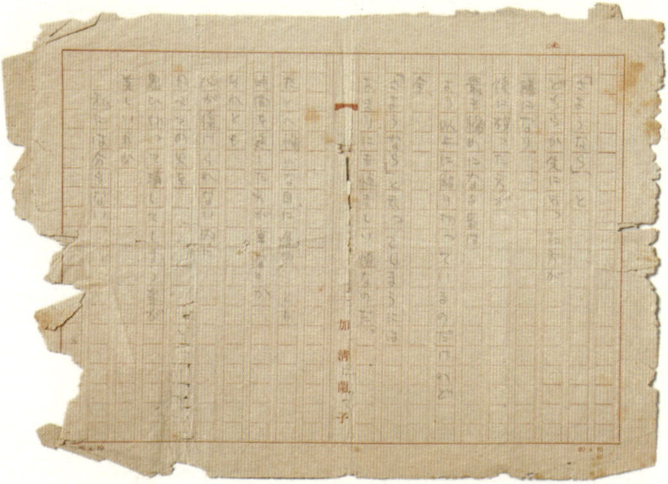

加清纯子情书 2

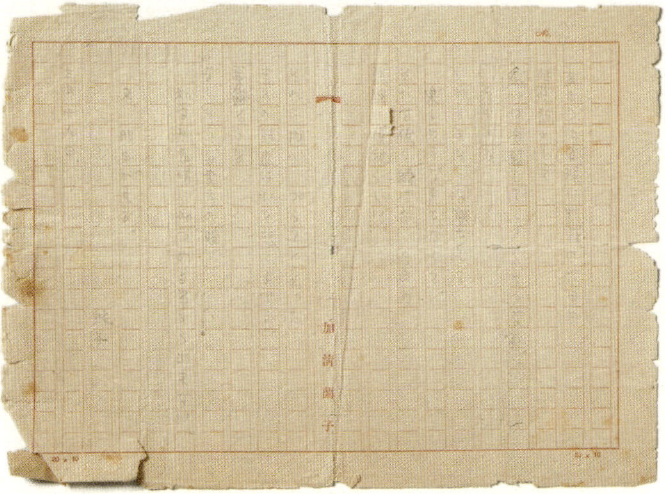

加清纯子情书3

電報
ウナイワイ
メグロ ヘ コハ、ロ
ヤグモ ニノゼノセ
トリツダ イダ イニコーポ ラス
五カイ五〇三ゴ ウ
ワタナベ ジ ュンイチ
ナオキシヨウジ ユシヨウオメデ トウゴ ザ イマス
シヨウセツゲ ンダ イヘンシユウブ
⑤
日本電信電話公社

直木奖的获奖贺电

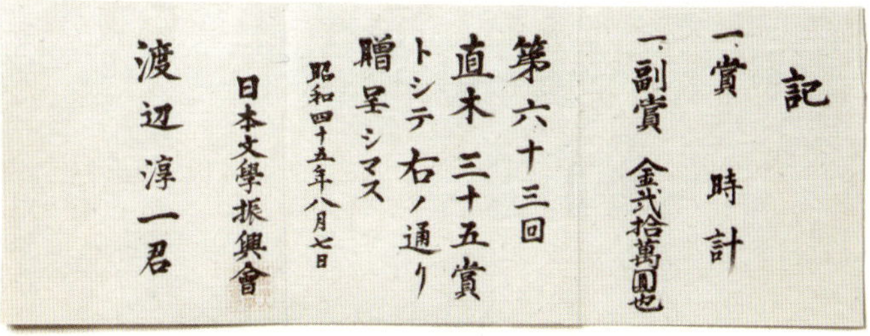
記

一、賞　時計

一、副賞　金弐拾萬圓也

第六十三回

直木三十五賞

トシテ右ノ通リ

贈呈シマス

昭和四十五年八月七日

日本文學振興會

渡辺淳一君

直木奖的奖品名录

直木奖的获奖手表

直木奖的获奖手表

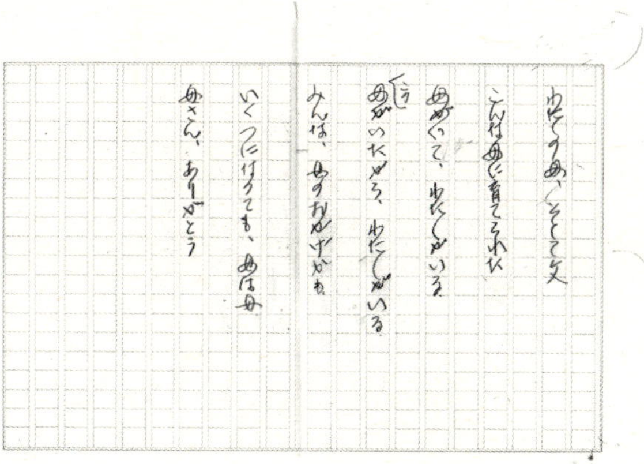
わたしの母、そして父

こんなに母に育てられた

母がいて、わたしがいる

母がいたから、わたしがいる

みんな、母のおかげかも

いくつになっても、母は母

母さん、ありがとう

《我永远的家》日文原版的几个书名备选

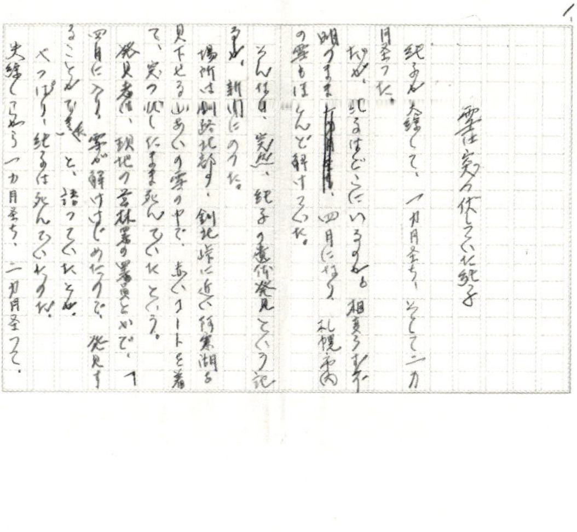
雪に突っ伏していた純子

純子さん失踪して、一カ月余り、そして二カ月余った。

だが、純子はどこにいるのかも相変わらず不明のまま、四月に入り、札幌市内の雪もほとんど解けていた。

そんな日、突然、純子の遺体発見という記事が、新聞にのった。

場所は釧路北部で、釧北峠に近く阿寒湖を見下ろす山あいの雪の中で、赤いコートを着て、突っ伏したまま死んでいたという。

発見者は、現地の営林署の署員とかで、四月に入り、雪が解けはじめたので、発見することになった、と、語っていたとか。

やっぱり、純子は死んでいたのだ。

失踪してから一カ月余り、二カ月余って。

手稿——《伏在雪地中的纯子》

校对后追加的手稿——《去旭川》

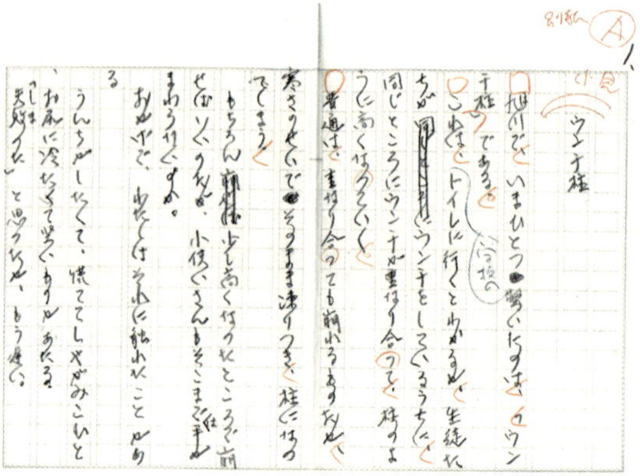

ウンチ柱

旭川では、いまひとつ驚いたのは「ウンチ柱」である。学校のトイレに行くとわかるが、生徒たちが同じところにウンチをしてくるうちに、ウンチが重なり合って、柱のように高くなっていく。普通は重なり合っても崩れるものだが、寒さのせいで、そのまま凍りついて柱になってしまう。

もちろん、少し高くなったところで崩せばいいのだが、小使いさんもそこまでは手がまわりかねる。おかげで、生徒はそれに触れることがある。

うんちがしたくて、慌ててしゃがみこむと、お尻に冷たくて堅いものがあたる。「しまった」と思ったが、もう遅い。

校对后追加的手稿——《去旭川》

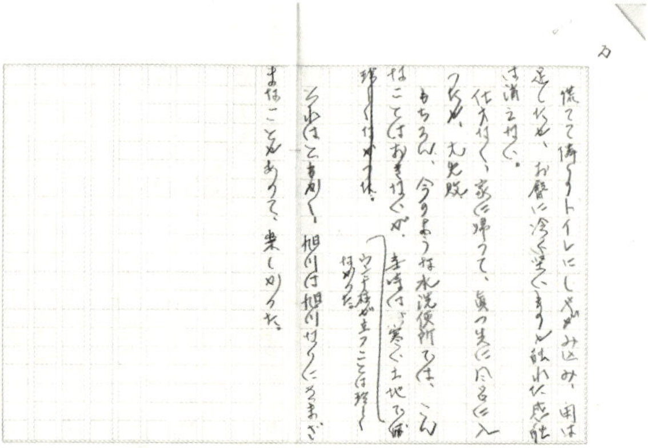

慌てて僕はトイレにしゃがみ込み、用は足したが、お尻に冷たく堅いものが触れた感触は消えない。

仕方なく、家に帰って、真っ先に風呂に入ったが、大失敗。

もちろん、今のような水洗便所では、こんなことはおきないが、寒い土地では、ウンチ柱が立つことは珍しくはなかった。

そんなことも含めて、旭川は旭川なりにさまざまなことがあって、楽しかった。

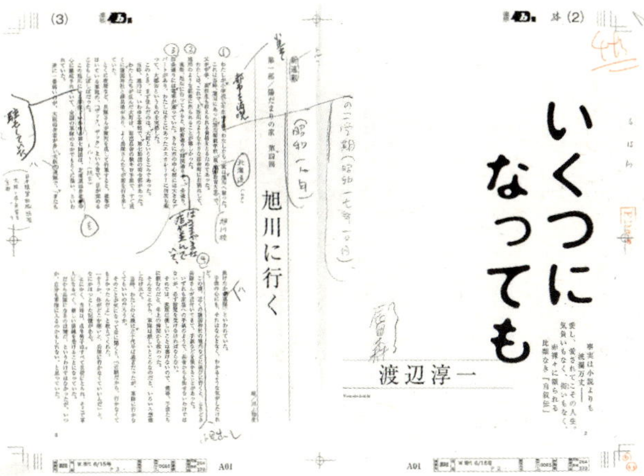
(3)
第一部／陽だまりの家　第四回
旭川に行く
(2)
いくつになっても
事実は小説よりも波瀾万丈――
愛し、愛されてこその人生。
気負いもなく、衒いもなく、
赤裸々に綴られる
比類なき「自叙伝」
渡辺淳一

亲笔校样——《去旭川》

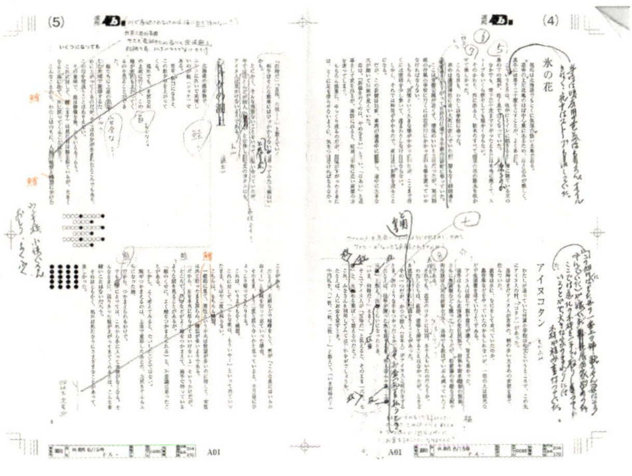
(5)
いくつになっても
(4)
氷の花
アイヌコタン

亲笔校样——《去旭川》

位于札幌的渡边淳一文学馆

渡边淳一文学馆一楼图书室

渡边淳一文学馆二楼展厅

渡边淳一文学馆展示墙

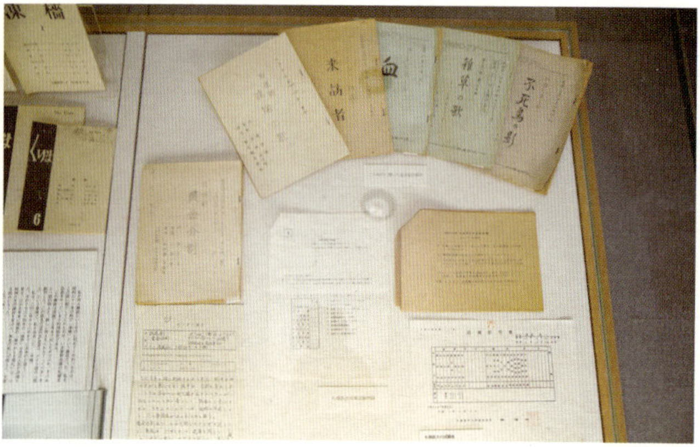

文学馆内展品

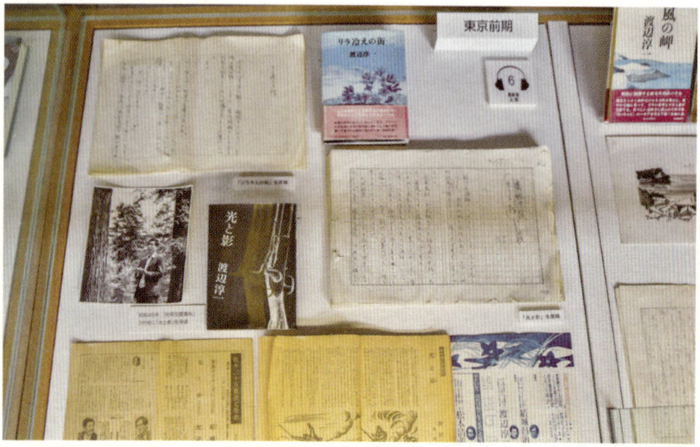

文学馆内展品

文学馆内展品

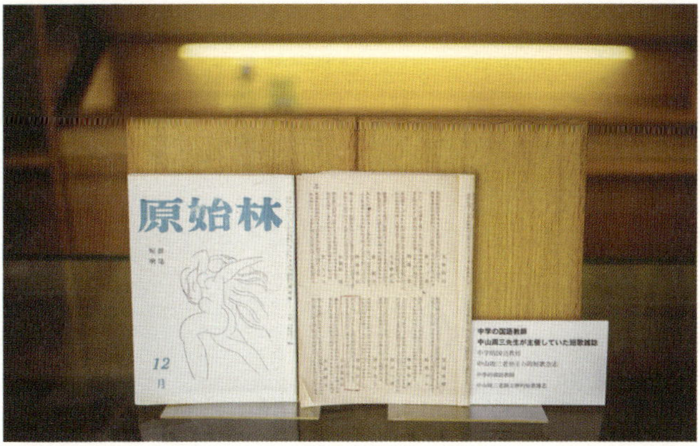

文学馆内展品

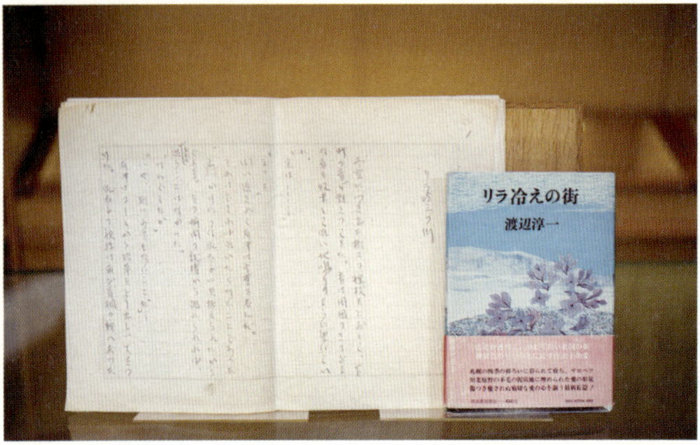

《紫丁香冷的街道》日文原版与作者手稿

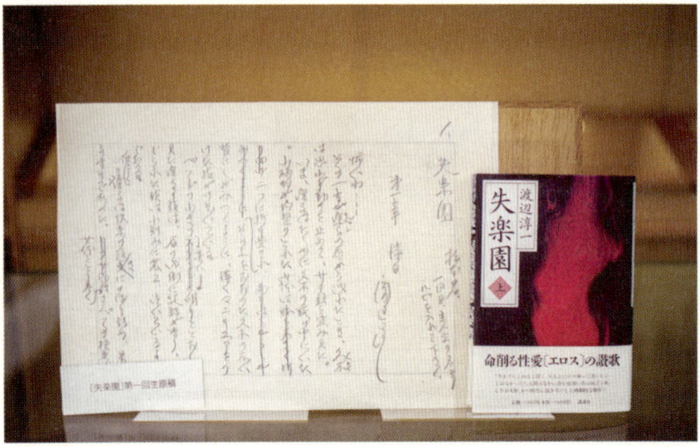

《失乐园》日文原版与作者手稿

作者获得的医生资格证书

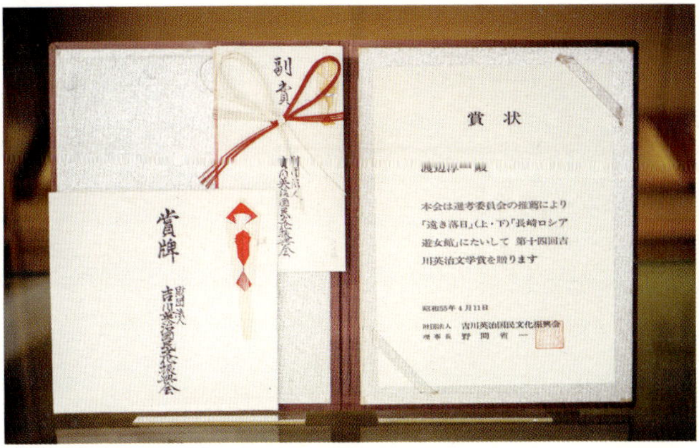

吉川英治文学奖颁发给作者的奖状等

目录

第一章 向阳之家

三

『这孩子命相怎么样啊？』

『嗯，眼下倒还没什么可担心的。不过有一项，这孩子命犯桃花。』

我出生于昭和八年，也就是一九三三年。据说，在四年前，已经有了大女儿的母亲许愿希望生个男孩。好像那时候民间有个讲究，男孩在拂晓到午前之间出生、女孩在黄昏到夜晚之间出生属于吉人天相。十分幸运，我就是在十月二十四日拂晓、凌晨四点多钟出生的。

据说，在我出生后的第一百天，母亲请算命先生占卜我的将来。吃奶婴儿的命相究竟怎样卜算出来不得而知，但根据当时的神谕，唯一需要当心的就是『命犯桃花』。

四

外婆和母亲

在我开始懂事的时候，我家住在空知郡上砂川町。

在一九三九、一九四〇年时，这里是产业兴隆的空知煤矿中心地带，整个上砂川町都在三井煤矿公司的管控之下，或者说几乎全部町民都要靠三井煤矿生活。

我父母就在这里的小学工作。父亲是从札幌师范学校（北海道教育大学前身）毕业后来此赴任的。我母亲是一山之隔那边歌志内市神威矿区的杂货店家女儿。她从当时的札幌市立女校毕业后，也来到上砂川小学校当教师。

母亲她们是姐妹三个，大姐和二姐也升入札幌的女校学习。

虽说当时还是明治末年，但是把三个女儿送进札幌女校是我外婆——渡边伊势的英明决策。这可不是轻易就能做到的事情。

那时，虽然从歌志内有火车通往札幌，但需要半天时间，相当辛苦，于是母亲她们各自寄宿在札幌市上学。不过，当时的女孩一般都在上完小学后就马上帮着做家务，所以外婆的这个决策确实是超越时代的进步之举。

关于这件事情，有人问：『您为什么把三个女儿都送进了札幌市的女校呢？』

外婆做了如下回答。

『钱这个东西不管有多少，保不住哪天就会被人骗去，或者因为不景气而流失。只有接受教育得到的学养

五

才能永远为孩子所有而不会流失吧。』

虽然是自己的外婆，但我也不得不夸赞她是个很有主见的人。

我的外婆出生在佐渡一个名叫小木的镇上，原名叫仙田伊势。她跟东京出身的渡边宇太郎结婚后就随了夫姓。

关于这方面的详细情况我并不太了解，好像外婆是跟着佐渡的仙田家族大迁徙移居北海道，然后在那里跟外公相遇的。

后来，两人去了歌志内神威，在那里开始经营名叫『山加渡边』的杂货店。

当时，由于这一带也开发了煤矿，杂货店因为矿工人口众多而生意兴隆起来。

但是，宇太郎移居此地之后不久就病倒死去了。

因为母亲是三姐妹中的老幺，年龄还很小，所以她对外公几乎没有什么记忆。但她说外公以前是基督教徒，在他的佛龛中还摆放着十字架。

其实，我也看到过那个。外婆到后来一直说『本来是基督教徒却没埋在教堂，而埋在寺院里，实在过意不去』。

在明治时代的北海道，除了这样做之外也没有别的办法了吧。

六

山加渡边商店

在外公去世之后，外婆伊势独自努力经营，商店越做越大。

实际上，在我上小学时，外婆的商店已经是位于正街、宽达十米的门面了。店里摆着各种生活必需品，从日用杂货到大米、味噌酱、酱油以及酒类，应有尽有，简直就像如今的大超市。

店里的业务从申请销售权到进货，都是外婆一个人四处奔波去办理的。

外婆家向里走是客厅、起居室和卧室，相当宽敞。里屋还有一位梳发师租房寄宿。

另外，在二楼有位矿工的领导，即所谓工头租住在那里。

说不定那个男人还兼任保镖呢！

这些男女嘴里喊着『大婶』聚集而来，外婆从容不迫坦然自若地接待来客。

这家商店在神威町地势稍高的位置，从这里沿着缓坡向下走有家电影院，再向前就是小学校了。

听母亲讲，从杂货店背后到电影院原先几乎都是外婆的土地。在外婆去世之后，这个事实得到了确认。

当时我跟父亲定期去那里收缴地租。正像听说的那样，直到电影院都是『山加渡边』的私有土地。

其中有一家『勤劳者医疗医院』即所谓共产党医院，我还记得去那儿收地租心里总觉得过意不去。

这家『山加渡边』在外婆之后由谁来继承呢？

就像前面提到的那样，外婆伊势有三个女儿。大女儿歌子从札幌女校毕业后，跟旭川市的辰田木材店店主

七

的儿子恋爱并嫁到了那里。而二女儿信子嫁到了歌志内的大家具店石桥家。

这样一来就剩下我母亲美登莉了，由她继承『山加渡边』便成了顺理成章的事情。

但是，由于母亲在上砂川从事教师工作，本人并无意继承商店，好像外婆也就没太勉强她。

就这样，外婆一个女人家继续经营神威的商店。而我常去外婆的商店玩耍就是在那个时期。

我当时还是小学生，什么都不懂，但毕竟是房东的外孙，所以，我还记得住在里屋的梳发师和住在二楼的工头叔叔都会送给我甜食或玩具娃娃之类的礼物。

但是，那以后没过多久，外婆就决定关掉商店了。

听到这个消息也有人表示遗憾，说『那么好的商店为什么要关掉呀』。那家商店看上去生意确实一直都很兴隆，但如今想来，煤矿产业从那时开始渐渐夕阳西下也属实际情况。

外婆决定关门是不是早已预见到了这一点我不得而知，但是从某种意义上来讲，也许那是十分明智的决断。

命犯桃花的开端

我开始上小学一年级了，就在上砂川寻常小学。

这个时期母亲已经辞掉了教师工作，但父亲继续在那所学校任教。

虽然我进了父亲任教的学校，但并没有上过父亲的课。

我上一年级时的班主任名叫永山（化名），是一位在孩子眼中特别美丽的女老师。

母亲以前就对我说过，『算命先生说你命犯桃花，所以你要当心』。

虽然母亲这样提醒，可我并不清楚命犯桃花到底是怎么回事儿。

但是，在小学一年级的时候，也不知道刮的什么风，班主任永山老师穿着下摆很大的喇叭裙在我们面前一转，于是裙摆就飘了起来。

我呆呆地看着那个场面，却不知道怎么搞的，只有我一个人被卷进裙子里面，接下来的瞬间又从裙子里面钻了出来。

大家看到这个情景笑着说『太妙了』，而我也感到像是在那个瞬间迷失在奇妙世界里，心怦怦直跳。

我后来回头细细琢磨——难道那就是『命犯桃花』吗？但又觉得，那也不是什么苦不堪言的事情。

非但如此，我甚至产生了幸福感，仿佛只有自己窥见了秘密门扉里面的世界。

『那种事儿倒是可以再来一次哦！』

我虽然心里这样想，但这到底是对还是错呢？
关于这一点，只有回顾自己后来的人生才能明白吧。
从那时起，我确实感到女性具有一种神秘的魅力。

第二章　百人一首

在我上小学一、二年级的时候，家里经常玩各种游戏。比如说，围棋、将棋、麻将，还有花牌、扑克、歌留多诗牌、百人一首抢诗牌等等。其中围棋和将棋主要是父亲跟街坊叔叔们捉对厮杀，而我年纪还小，所以大都是在旁边观战。麻将、花牌和扑克等一般是父母跟邻居『老师爸爸』『老师妈妈』一起玩儿，我有时也会应招上桌搓一把。『老师爸爸』和『老师妈妈』的称呼，就是因为那两人以前都跟父亲一样当过小学老师。当然，那时两人都辞掉了教师工作，男主人进了三井的公司工作。尽管如此，我还是按以前那样称呼他们。我跟那些大人玩游戏，如果放在如今恐怕会挨骂——小孩子家家还玩那个！不过，当时谁都没说过什么。非但如此，父母还主动招呼我『来玩玩儿吧』，并且常常夸奖我『学得真快』。托父母的福，我到小学二年级时就学会玩花牌和麻将了。

而且，到了正月我特别热衷于玩百人一首抢诗牌。在当时的北海道，通常流行的是抢抓只写有后半首诗句的木牌。例如，当唱诗人一开始读前半首诗句『春光无限好，薰风正和煦……』时，双方就嘴喊『哈——伊』并抢抓只写有后半首诗句『唯叹樱花匆匆落，香殒何太急』的木牌。

这个游戏玩起来心情特别畅快，一旦开场就收不住了。

而且，因为只听前半首就要抢抓后半首，所以必须把整首诗全部记下来。

『暮春渐渐去，初夏悠悠来。香具山间晒素衣，嬉风翩翩摆。』

这正是歌咏眼下季节的名句，只是耳听这首诗，眼前就会浮现出初夏的天香久山美景。

就这样，在玩百人一首抢诗牌的过程中，会形成所谓个人专擅的『拿手牌』。

我自己也有很多拿手牌，其中一首诗伴随着我特别快乐的回忆。

巍巍大江山，路远多崎岖。家书迟迟未有期，不见天桥立。

在距今近四十年前，我有机会经过此地，亲眼看到了天桥立。

我在那里想起了这首诗，听说俯望天桥立最好是背对那边站立，然后分腿弯腰从裆下反看。

于是，我就如法从裆下倒着看见了升到天上的长长沙堤，随即感叹『原来天桥就是这样立起来的』。

其后过了不久，我又从关西财界某位人士那里有所领教。

『大夫，那个「裆下观景」其实不是自己看，而是让艺伎做的动作。就是把年轻艺伎领到那里，然后让她撩起和服下摆从裆下观景。这时再从她身后观望，那才是绝景呀！』

原来如此，是这么回事儿啊！我虽然郑重其事地点头表示理解了，但还不曾看过艺伎的裆下景观。

还玩其他游戏

尽管如此，但我从上小学时开始，从来没有因为玩花牌和诗牌挨过训斥。

仔细想来，因为我是跟父母和邻居叔叔阿姨一起玩，所以当然不会挨训。

可能有人会问『那你的家庭作业怎么办』，但我记得那会儿好像没什么家庭作业。

而且，父亲和母亲也都没有教训我说『好好用功』。

因为姐姐比我大四岁，所以我问过她怎么样，她也说没有。非但如此，当我放学回家从书包里取出学习用具坐在书桌前时却被母亲叫停。

『儿子，在学校里已经用功了，回家就好好休息吧！』

这也许是因为，那个时代或家庭比较从容自在。

总而言之，我从孩提时代起就通过玩百人一首诗牌和花牌获得了很多学养。

其一就是通过诗歌了解到日本古文，通过花牌了解到日本多种多样的花卉和五光十色的季节。

后来我之所以能够很容易地进入短歌的世界，或许就是因为对百人一首十分熟悉的缘故。

另外，通过玩扑克牌的游戏，我还得以领会西欧式比赛和游戏的感觉。

而且最重要的是，我通过这些重新认识了忽喜忽忧的自己。

职员和矿工

在煤矿镇上，还有离我们职员住宅街有一段距离的矿工住宅区。

职员住的地方名叫朝阳台，是宁静闲适的住宅区。公司干部们都住在这里更高些的地段。

而矿工住宅区我虽然没大去过，但那是四五座小户房屋挨在一起的平房街，而且这样的房屋有很多很多。

当我看到职员与矿工居住的地方和房屋差别如此之大时，切实感到矿工们的生活十分贫困。

当然，虽说在学校里职员子弟和矿工子弟共同学习，但老师在某些方面仍然区别对待。

例如，在保健卫生课上记录牙齿数量时，老师每次必定要看职员子弟的嘴。

不过，在现实中职员子弟与矿工子弟从来没有发生过争斗的情况。

总而言之校方教导大家：煤矿的职员与矿工双方要通过共同努力发展矿区。

朝鲜矿工

在矿区里，跟日本人共同居住的还有朝鲜人。

他们好像都是从朝鲜征集来的劳工，与日本人完全分开居住。

例如，在我居住的上砂川，他们就住在街区前边山崖下河边的宿舍里。

我听说，朝鲜劳工就在那里站着吃饭，还常常挨日本人殴打，边哭边喊『哎哟、哎哟』。

虽然我很想去看看，但是在市区开办报纸店的仙田叔叔提醒我『绝对不要下坡去河边』。

他是不是不想让我看到朝鲜人呢？

即便如此，我在上街时也曾看到过一次朝鲜人受到体罚的情景。

浑身只剩短裤、手脚被绑的朝鲜劳工被吊在木柱上押走了。

那种情景惨不忍睹，可那旁边还跟着与外婆家二楼那个和蔼可亲的叔叔完全相同的工头，这令我再次感到惊讶。

总而言之，我觉得那个人挺可怜，就去问仙田叔叔『为什么那样对待他』，叔叔说『就是因为他不好好干活儿嘛』。

我心里想，那也没必要脱光衣服吊起来吧？

那个劳工后来怎么样了呢？

不仅仅是这件事情，当时好像有很多朝鲜人被迫来到矿区从事劳动。

虽然我们没有直接跟他们接触，但是到了冬天，朝鲜人就会来帮我们清除屋顶上的积雪。

当然，那可能是被强制性地派来的。但每当他们来时，母亲必定要做热腾腾的饭团对我说『去送给那些人』。

当我把饭团递给他们时，他们都默默地点头接受了。

还有家属

与那些劳工一起，在矿工住宅区外围，好像还居住着朝鲜人的家属。

虽然他们子弟的一部分也进了日本人学校，但肯定受到了很多歧视性的对待。

当时，学校正门处有个供奉天皇和皇后二位陛下照片的小神龛。按照规矩，上学时必须在这里鞠躬行礼。

但是，当朝鲜孩子顾不上鞠躬就跑进校门被老师发现时，必定遭到严厉训斥并罚站一天。

对于他们来说，即使提起天皇和皇后二位陛下，也不可能明白是怎样尊贵而伟大吧。

不管怎么说，那个时候的朝鲜人后来境况如何呢？

尽管我不十分清楚每个人的具体情况，但日本人站在他们头上随心所欲地胡作非为是无可辩驳的事实。

第三章　最爱水果

我小时候——具体来讲就是小学时代，水果是我的最爱。

在水果中我最喜欢的是香蕉。

当时还处于日中交战时期，由于贸易尚未自由化，所以香蕉属于遥远南方异国的水果。

我被香蕉吸引的最大原因就是味甜。它本来是水果却那么甜美，我感到特别不可思议。

正因如此，当我看到车站前水果店里摆的黄色香蕉时，总会央求母亲『买香蕉吧』。

这种时候母亲就会说『那太贵了，不买』。而且，即使偶尔买了也顶多是两三根。

但是，如果我央求邻居『老师妈妈』时，她就会给我买来一串香蕉。

可能是因为这对夫妻没有孩子，所以他们经常给我买各种东西。

衣服和袜子什么的自不必说，甚至还给我买来了带辅助轮的儿童自行车呢！

因为当时还没有儿童两轮车，所以我一放学就先骑上它向大家炫耀一番。

『老师爸爸』特别喜欢相机，他拥有一部在当时相当高级的相机，经常给我们拍照。

托这位『老师爸爸』的福，我有很多幼年时代的照片，还保留着引以为骄傲的骑自行车照。

再次回到水果的话题，除了香蕉，我最爱吃的就是苹果和西瓜。

由于札幌附近就是苹果产地，所以一到秋天我就常去住在平岸区的朋友家，到苹果园硕果累累的树下尽情饕餮。

北海道几乎不能种植水稻，只有旭川市附近的上川盆地能收获少量稻米。

但是，当时的道产大米没有黏性而且比较硬，不是很好吃。

取而代之，我常吃的是土豆。因为北海道是国内最大的土豆产区，所以毫无疑问好吃极了。

虽然不能像现在这样就着黄油吃，但仍然是越嚼越甜。

不过，就薯类而言，我还是爱吃甜甜的红薯。

后来，当我上初中时了解到，在德国等国家也能大量收获土豆，而且是作为主食来吃。

是吗？可能因为土豆不像红薯那么甜，所以就成了主食——我记得自己就是这样理解的。

那时我才注意到，并不是只要味甜就什么东西都好。

四月的鲱鱼捕捞季

当时也常吃海产品。

北海道四面环海，而且札幌市离石狩海岸较近，所以一年四季都不缺鱼吃。

在这些鱼贝类中，给我印象最深的就是鲱鱼。

这种鱼就像别名『报春鱼』所表示的那样，每年一到初春四月，鱼店门前就会摆满鲱鱼。

特别是随着战争日渐激烈，大米的配给也越来越少，取而代之就会多吃鱼贝类，特别是鲱鱼。

当时，我提着铁桶去鱼店，店家就用铁锹铲起鲱鱼装进桶里。

桶装满后我说『行了』，可店家还是硬往里塞。结果，我提着满桶鲱鱼回家路上常常会掉出好几条。

总而言之，初春捕捞的鲱鱼又大又肥，美味无比。

虽然我当时还小，但常常能一顿吃两条鲱鱼。

那时我去过小樽市，途中经过的海岸线上就能看到热火朝天的捕鱼场景。

这里的人们把鲱鱼向海岸聚拢叫做『鲱鱼群来』，据说对面远处的海岸线会被大群鲱鱼染成乳白色。

虽然我不曾见过那种奇景，但我从鲱鱼小屋的瞭望台上确认时，只见渔民们一齐乘上捕鲱船驶向海面。

当他们冲到鱼群中时，立刻开始鏖战般地用渔网和铁锹捞起鲱鱼装进船舱。

在把船舱装满之后，渔船就返回岸边卸掉，然后再次冲向鱼群。

据说在鲱鱼丰收的时候，这样的作业要反复多次。

那首以『鲱鱼群来了……』这句道白开始、以『索——兰、索——兰』的号子声为人熟悉的《拉网小调》，既是丰收之歌，据说也是叫渔民不要贪睡、勤奋劳作的歌曲。

那些渔民都是只在捕捞鲱鱼时出海的所谓季节性渔工，好像很多都是来自青森、秋田、新潟等东北地区的打工者。

从鲱鱼捕捞船上卸下的鲱鱼都被集中到海岸中段的鲱鱼集散处。

承担搬运作业的主要是渔场的女性。

她们都是用网篮把鲱鱼背到集散处去。

在捕捞鲱鱼的季节，只要海面还有鱼群，捕捞作业就会持续一天，于是海上作业和岸上作业都不会停歇。

因此，有些人把鲱鱼卸在集散处后往往累得原地坐下动不了。

据说，由于鲱鱼被接连不断地运来，所以背鱼工在歇脚喘息之间会被堆成山的鲱鱼包围起来。

这是听来的往事：有一次在分运集散处的鲱鱼山时，里面还出现了一具背鱼工的尸体。

这件事情听起来挺惨的，却也说明了那时鲱鱼捕捞量有多么大。

但不知怎么回事儿，如今这一带的日本海面却几乎捕捞不到鲱鱼了。

据说是因为海洋温度发生了变化，可是海洋似乎长期以来一直都在变化。

由于这个缘故，昔日曾因捕捞鲱鱼繁极一时的渔镇和鲱鱼捕捞业主们的暴富状态，如今也只能通过留在鲱鱼神殿的各种展览品来了解了。

据说那些暴富鱼商和他们的富二代都很短命。其原因就是由于他们每到初春季节只凭鲱鱼捕捞就能赚得盆满钵满，于是每天大鱼大酒弄坏了身体。如今再去那豪华的鲱鱼神殿参观，觉得确实像是那么回事儿。总而言之，鲱鱼曾经满足了道民的食欲并使他们富裕起来——这是毋庸置疑的事实。

该吃饭啦

在我小学二、三年级的时候，由于日本与中国的战争，粮食越来越困难了。

首先是用于主食的大米越来越少，不过，其他的薯类和南瓜还很丰富。

在这样的状态下，新登场的就是杂菜粥了。简单地说，就是加入足量薯类和南瓜等蔬菜之类以补充短缺的大米。

虽然由于大米短缺而吃起来不像正餐，但杂菜粥的味道并不差。不、非但不差，因为加入了味道多样的蔬菜类食材，菜粥有它本身独具的风味。

有一天傍晚，我正在外边玩耍，姐姐来叫我回家。

『该吃饭啦！』

虽然姐姐说得漫不经心，可听到这话我嘟囔了一声。

『是菜粥吧？』

因为说起来是『吃饭』，但实际上是喝菜粥，所以我才会这样反问。但姐姐却像是没有听见。

不过，她身旁的男朋友『噗嗤』地笑了一下。所以，我明白自己的讥讽有了反应。

不管怎么说，从那时起大米短缺日益严重，各种所谓『代用食品』广泛应用，这是确实存在的情况。

第四章　去旭川

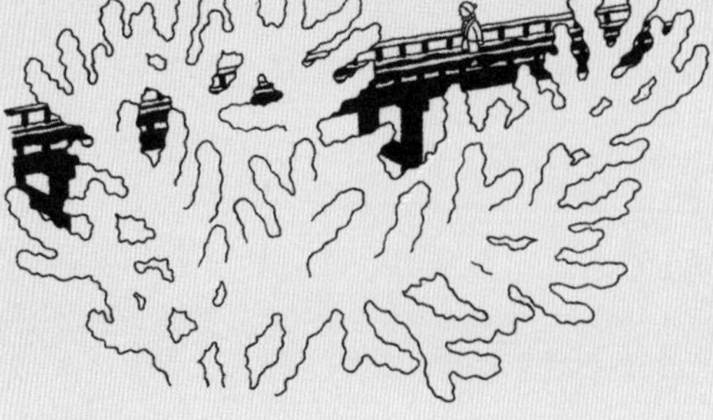

在我上小学三年级的第二个学期（一九四二年十月），我们一家搬到了旭川市。

这是因为，父亲要在当时的旭川师范学校（现北海道教育大学旭川分校）取得教初中和高中的资格。

能告别上砂川这个乡下小镇进旭川那样的大城市，我感到特别高兴。

实际上来到旭川市后，就看到车站前的师团大街上排列着各种各样的商店。那里的一条大街和四条大街都有电车开通。而且，在市中心还有百货大楼，我在那里乘过好多次电梯，真实地体验到了大城市的感觉。

迁居后最先居住的地方叫大町。

当时旭川被称为军都，这里有第七师的司令部。

我们居住的大町，在距离兵营几公里的这一边有护国神社和练兵场，士兵们常常在那前边走过来走过去。

特别是当士兵们在夜间列队行军时，我常常会被他们『咯——嚓、咯——嚓』的军靴脚步声弄醒。

在旭川驻军的第七师是以北海道出身的士兵为中心组成的，据说在全国也是特别强的部队。

与之相反，最弱的是大阪出身的士兵居多的大阪第八团。经常听人们说『第八团又输了』。

我虽然还是个孩子，但心里好像也明白这是怎么回事。

自己也会入伍

这个时期去附近的护国神社院里玩，常常会有士兵走近前来托我捎信。

那些信件好像都是寄给家人的，虽然从兵营也不是不能发信，但必须经过上级审查。

年龄大一点儿的伙伴告诉我，因为那样就不能在信中写温情的话语，所以士兵们就委托小孩们捎信。

我根据这样的情况想象到，军队里真是太严格了。

当时我父亲已经过了三十五岁，是不是可以不入伍呢？

我很在意这件事情，就去问母亲，得到的回答是『你爸是近视眼，不用去啦』。

我记得当时一下放了心——原来如此，身体有毛病就不用去当兵了。

总而言之，当时的成年男子全都被征召入伍，为当一名合格军人在那里接受严格训练。

所以，我并没有因此而讨厌当兵，心里想也许哪天自己也会被征召入伍。

雾凇

在北海道，旭川也是气温最低的地域。

由于道央部的上川盆地差不多位于北海道中心，所以降温剧烈，隆冬季节常常超过零下二十度。

那时当然没有取暖电器，也没有煤油，夜间连炭炉都要熄灭掉。

这期间，半夜去厕所时就会看到旁边躺着的父亲鼻子下边胡须结了白霜。

在气温降至零下三十度时真是冷得要命，不管把炭炉烧得多旺都暖和不起来。

不过，如果来到户外，就会看到冬树枝条上开满了雾凇之花，真是美不胜收。

即使在这样的天气中，我也要去上学。

我家最初是住在护国神社附近的大町，但过了不久就迁居到师团大街下边石狩川此岸的新町。

这里位于常磐公园附近，是个环境优美的地方。但是，要去旭川师范的附属小学，还必须跨过架在石狩川上的大桥。

当然，河上有一座名叫旭桥的大桥，但要想过去必须走一段河堤绕远路。

由于那样很费时间，所以我就走离家较近的新桥。

不过，这座新桥以前在车辆通过时受到损坏，半截开了个大洞，可以看到下边的河面。

母亲对我说『不要走新桥了』，我回答说『好的』就出了门。但是，我来到河堤上却还是从离学校近的新桥上走了过去。

当然，我必须小心翼翼地慢慢走。而且，在气温很低时更要注意避免脚下打滑。

在这个旭川市还有母亲的大姐——阿歌（即歌子大姨，母亲那样称呼她）出嫁的辰田家。她家在这里一手经管道北出产的全部木材，所以，她家大宅院周围都堆满了原木。

我上的那所附属小学在名叫近文的街区，再向前就是阿伊努族的村子——Kotan。

当时，阿伊努人就居住在那里，穿着花纹图案特别多的传统服装。

那他们主要以什么维持生计呢？

虽然也可能从事农耕作业，但好像有一部分人是通过搞旅游业来赚取生活费。

阿伊奴人大都须眉浓密，体格高大。

他们当然是北海道的原住居民，通过狩猎、采集野果和捕捞鱼贝类等维持生活。但是，由于松前藩的严酷统治和明治政府的同化政策，当时的人口数量就已经大大减少了。

即使如此，在近文区的 Kotan 里还有四五十名阿伊努族人吧。

虽然我们从未直接跟他们接触过，但经常听到有关他们的传闻。

其中一个就是关于以前的『和人』（日本人）跟阿伊努人交易时采取的手法。

例如，『和人』去购买阿伊努人捕捞的鱼，在付钱数钞票时，从一张数到第四张时就问对方『现在几点了』。

当阿伊努人回答说『五点』时，『和人』就接下去数『六张、七张』，而把第五张跳了过去。

这当然不是什么好玩的虚构故事，不过大家都可以试试看。

比如说，在借给别人钱的时候，当数到第三张千元钞票时就问『现在几点了』，对方回答说『四点』，你就接着数『五张、六张……』。

虽然对方并不见得会就这样轻易上当，不过玩玩儿也许挺有意思。

如今阿伊努人可能几乎跟『和人』同化了，所以在近文区的 Kotan 里已经见不到阿伊努族人了。

屁屁柱

在旭川还看到过令我吃惊的东西——屁屁柱。

这在学校上厕所时就能看到。学生们上厕所在同一个位置拉的屁屁越摞越高，形成了柱子形状。

在一般情况下，屁屁重叠起来就会歪倒摊平，但这里冬天却会被冻结而形成柱状。

当然，只要在屁屁柱形成之前将其摊平就行了。但可能是勤杂工都顾不过来。

就是因为这个，我曾经跟屁屁柱有过接触。

有一次，我因为憋屎急忙跑进厕所蹲下，就感到有个冰冷的硬东西顶在屁股上。

我心里想『糟糕』，但为时已晚。

我虽然赶紧换到旁边的蹲坑解完了大便，但屁股上那种感触却一直没有消失。

无奈之下，我回到家里首先就去洗了澡。但即便如此，我还是应该在蹲坑之前先看仔细。

当然，如今都使用冲水马桶，所以再也不可能发生这种事情了。但是，当时在寒冷的地域，那种屁屁柱并不罕见。

这些倒也不算什么，旭川自有各种妙趣横生的事物，在那里的生活也挺开心。

第五章　太平洋战争爆发

我住在旭川市那个时期，日本国内对于战争获胜的情绪极端高涨。

这也是因为，在我家迁居旭川市的前一年即一九四一年十二月八日，日本向美国宣战并在夏威夷取得了巨大战果，同时大举进攻东南亚。

夏威夷集结了美国最大的太平洋舰队，但在初次海战中就遭到了毁灭性的重创，据说可能不会恢复元气了。

还是少年的我听到平柜上收音机里播出的战况，心情十分激动，对日本军队的强大既惊叹又感动。

但是仔细想想，在那场胜利的背后似乎隐藏着很多问题。

首先，攻击夏威夷珍珠港是在当地时间十二月七日拂晓发起的，而那天夏威夷正是星期天。

当然，没有道理指责星期天不可以攻击敌人。问题是当时日本还没有向美国宣战。

这方面的详细情况我不十分清楚，但一般来讲，应该是在向对方宣战之后才能发动战争——这好像是当时国际法的规定。

然而，日本还没有正式向美国宣战就发动了战争。

关于这个问题，在日本方面流传的说法是：尽管日本事先发出了通告，但对方没有领会，结果就被美国理解成了不宣而战。

关于这个经过，压倒性多数的意见认为：美国海军过于悠闲自在了，当时日美关系已经相当恶化了，所以他们应该时刻保持最高的战备状态。

而且，关于在星期天清晨发起突袭珍珠港战役，大人们也议论说：『就是在星期天也不能放松警戒。』『在那种时候还逍遥自在地度周末，美国人真是缺心眼儿的国民。』

据说，其实那个时期军队中实行『周一、周一、周二、周三、周四、周五、周五』，因此理所当然没有周六、周日。

山本五十六元帅

突袭珍珠港战役的指挥官是当时的联合舰队司令——山本五十六大将（后来升为元帅），日本全国都在颂扬他是善于把握战机的著名司令官。

实际上，十二月八日的突袭珍珠港战役动员了日本所有的大型航母，并在周密计划之后发动。首先，在七日拂晓由特殊潜艇侵入珍珠港内，从海底向停泊在那里的美军大型战舰发射鱼雷。与此同时，停在附近航母上的军机起飞从空中发起攻击。

据说，称霸世界的美国太平洋舰队在那次突袭中瞬间遭到毁灭。

从报纸和收音机中了解到这一系列消息之后，我感到特别兴奋，全身跃动不已。我激动地说『真厉害！日本海军果然强大』，还跟朋友们喊『万岁』了呢！

总而言之，也是因为住在旭川市，我在所有方面都是礼赞日本军的军国少年。

访问军神之家

在这场突袭珍珠港战役中，最先发起进攻的是特殊潜艇上的九名海军士官。他们被日本祭奉为军神。

这就是所谓的『军人之神』。

军神之一就是旭川东部——东旭川村出身的军人。

于是，我们由老师率领去这位军神出生的家里，在佛坛前行礼致谢。

虽然房子只是一座简朴的农舍，但由于是军神诞生的地方，所以除了我们之外，还有各地的人们来访祭拜。

我虽然心中感动——成了军神就这么神气！但是，如果问我想不想成为军神，自己却并不知道该怎样回答。

成为军神确实是很棒的事情，但我还没把这个与死亡直接联系起来。

后来，从一九四二年到一九四三年，日本军队向东南亚一带发动了猛烈攻击。

有消息说，日本军队已经从中国进驻了越南、柬埔寨、马来半岛，而且占领了菲律宾诸岛，控制了从婆罗洲到苏门答腊岛、缅甸和新几内亚的南太平洋全域。

日本军队的这些赫赫战果每天都从收音机中伴随着『大本营发布』的播音员声音报道出来，背景音乐总是《军舰进行曲》。

日本军队正是这样『势如破竹』地连日『获得如此如此战果』，而我就通过看报纸记住了这些话语。

即便如此，美国会就这样默默地认输收兵吗？

也有相当多的意见认为——不，总有一天美军会转为反攻。

那么，美军到底会在什么时候开始反攻呢？我心中有点儿不安，就去学校询问与军方有关联的叔叔。他回答说『那不是什么大不了的事情』。

他还说，东南亚各国都热烈欢迎日本军队进驻。

其原因在于，当时的东南亚各国都是美英法等国的殖民地。

例如：菲律宾是美国的，越南和柬埔寨等是法国的，而从马来半岛到新加坡等是英国的殖民地。

据说，由于日本军队攻陷了这些美国和西欧各国的殖民地，就把东南亚各国从殖民统治下解放出来了。

也许现实真的如此，但日本军队进攻亚洲并不是为了把亚洲从西欧殖民统治下解放出来。

日本的目的其实是为了先掌握太平洋全域的制海权，然后获取潜藏在这个地域丰富的地下资源，特别是石油。

实际上从那个时期以后，日本的石油供应十分充足，使用煤油暖炉的人家也增多了。这样一来，既不用像烧炭那样费事儿生火，也不用去倒煤渣了。

多么方便的燃料呀！这样我就不用费劲儿去倒煤渣了——我望着铁桶里的煤油再次感动。

在那个时期，最让我感到愉快的事情就是看日本地图。

当时，地图上的日本国被涂成了红色。首先是从北海道到本州，然后从四国、九州到冲绳向南延伸。

转眼向北，北海道向上是千岛列岛自不必说，连桦太（萨哈林）南部和旧满洲都是日本的领地，也被涂成了红色。

只看到这里，我就会感动地想『日本多大呀』。而在太平洋战争开始之后，这个范围继续向南扩展了。

我去了学校，教室里老师也在黑板上展开大幅世界地图，随着日军的进攻在地图上涂红。

首先，大陆延伸出来的法属印度支那（当时如此称呼）陷入日军之手，然后是老挝、柬埔寨等国成为日本的领地。

接下来是从英属马来半岛到新加坡被日军占领，涂红的范围继续向南方扩展。

转眼向太平洋望去，菲律宾诸岛已陷入日军之手。据说，占领南边的帕劳和爪哇岛也只是时间问题了。

这样下去，太平洋就全都成为红色的日本领土了。

『好厉害……』

我望着地图再次感动。

日本军队为什么强大？日本领土为什么宽广？

这样一来，别说欧洲那些国家了，甚至会比美利坚合众国都大呢！

我相信这一点，着迷地望着涂红了的地图。

第六章　从旭川到札幌

一九四四年十月，在我上小学五年级的时候，我家从旭川迁居札幌。

新家的位置在札幌市西南部，正面有座二百多米高的圆山，从山脚下延伸出来的缓坡就是住宅区。

新家是一座稍稍离开正街的二层小独楼。从门厅向里去是餐厅和客厅，左右各有一个房间，而且二层也有宽敞的日式房间。按照现在的说法就是五室两厅。

当教师的父亲不可能买得起这么大的房子，估计还是住在乡下的外婆给我们买的吧。

实际上此后不久，外婆就关掉了神威的杂货店来到札幌跟我们一起住了。

在当时的北海道住宅里，暖炉一年到头连夏天都会摆在餐厅中。当短夏结束天气变冷时，全家人就都围拢到暖炉边。

此时的座位自然长幼有序：首先炉口正面是母亲的位置，暖炉侧面左右是外婆和父亲。姐姐、我和小七岁的弟弟坐在炉口反面的烧水口或烟筒口旁边。

我坐在烧水口旁边心想，什么时候能坐在暖炉旁边就好了。但是，我又不能推开父亲或外婆坐在那里。

不过，外婆来到札幌不久健康状况变差，后来就在札幌市的医院里病逝了。

创建了山加渡边商店、把三个女儿送进女校的伟大外婆，最后竟走得如此简单。

另一方面，父亲来到札幌的同时就在札幌市立工业学校（现札幌工业高等学校）当了数学老师。

到这时我才知道，父亲最喜欢的是数学。后来，我在高考复习时也常常向父亲求教。

在这所房子里，分给我的是正面门厅右侧的西式房间，并搬进了书桌和书架。

我上的是札幌市幌西国民学校（现小学校）。

我在这里被编入五年级，共有五个班。除了男女生各两个班之外，只有一个男女混编的班级。

不知什么原因，我被分到这个男女混编的班级，跟女生并排而坐。

当然，我并没有因此而感到高兴，而是忽然想到：这会不会也是母亲说的命犯桃花之一劫呢？

当时，我家订阅的报纸是《北海道新闻》，上面刊登的有关战局的报道，都以日本海军和航空兵与美军在太平洋交战的战果为中心。但是，如果仔细阅读就会发现，其内容与最初相比发生了微妙的变化。

首先，在一年之前，从马来半岛到印度尼西亚和新几内亚等南太平洋地区是主要战场。但不知从何时开始，交战好像从接近菲律宾的南中国海到台湾远海展开。

这样一来，曾经被日军占领、在地图上被涂红的部分就向西北方退缩了很多。

而且，新几内亚东边的瓜达尔卡纳尔岛上的日军被弃置，正在孤立无援中拼死坚守。

仔细想来，这些都是日军遭到美军反击败退的证据。可是，报刊报道的却都是日军以一当十奋勇作战。

『这样下去能撑得住吗？』

虽然我感到十分不安，但战局实情大家都不完全清楚。

只有一个事实很清楚，据说战争开始之初在夏威夷几乎全军覆没的美军太平洋舰队终于得到重建并开始转为反击。

我想，从现在起，日本海军与美国海军的对等激战即将开始。但是，看样子日本海军似乎处于劣势。

哦，虽然没有人明确指出这一点，而且没有这方面的报道，但美国海军强大好像在于拥有多艘大型航母。

听说从航母上起飞的舰载机首先袭击日本的舰艇，很多军舰遇袭沉没。

大人们说，像这种报纸和收音机都不会报道的消息，都是从实际参加海战负伤被送回后方的士兵那里听说的。

『不管怎么说，对手的物资十分充足。』

虽说如此，但这些情况从开战前不就是明摆着的事儿吗？

我们日本国本来就没有资源。

所以，在开战的同时就尽早占领东南亚谋求获得各种资源。

虽然在那之前战局完全按照日方的谋划发展，但后来却并没有能够运用那些资源制造出大量的军舰和飞机，因此无法达到压制美国的目的。

或者不如说，是美国海军的重建过于迅速了。

不管是哪种原因，日军在太平洋上被美军步步逼退是确切的事实。

在了解到这些事实的同时，我渐渐地感到了不安。

此前我还常常跟伙伴们唱军歌，最后高喊『日——本、加——油』，可现在却根本没有那个心情了。

岂止如此，据说美军还在强大的海军和空军支援下迫近了冲绳，并终于在此登陆了。

说到冲绳，那不正是日本的领土吗？美军从那里进来是断然不可允许的事情。

虽然我热血沸腾，但美军的进攻却没有停止。岂止如此，据说还占领了冲绳的主要地域，日军倒是被逼得节节败退。

从总是报道对日军有利消息的『大本营发布』也能感受到这一点。

更给当时的我带来沉重打击的是东京遭到敌机空袭。

在此之前，日本各地好像也遭到过空袭。但是，连东京都遭到空袭可真是非同小可。

后来查阅资料，这是在一九四四年十一月二十四日发生的事情。

我再次感到惊讶，但从那以后东京就连续不断地遭到空袭。

当时听说，那些空袭都由从接近东京湾的航母上起飞的轰炸机发起。

我从送到家里的报纸上了解到这些情况更加忐忑不安，而最最担心的就是宫城。

天皇和皇后两位陛下居住的宫城（当时还不叫皇居）没事儿吧？而且，当敌机飞来的时候，两位陛下该去何处躲避呢？

虽然我非常担心这件事情，却并没有两位陛下遭到轰炸的消息，更没有宫城起火的消息。

虽然我想到还有日本的飞机和军队在拼死保护宫城，但另有消息说美军是有意避免空袭宫城。据说，原因是二位陛下聚集了日本人所有的尊敬之情，如果袭击他们就会增强日本人对美军的反感。我想说『真是大言不惭』，但又觉得那种说法倒也『不无道理』。

遗骨是贝壳

当我陷入那种不安之中时，我的同班同学、街坊玩伴冈田君（化名）的父亲在冲绳阵亡的消息传来。那是所谓的荣誉阵亡。在数日之后，遗骨盖着白布回到了冈田君的家，街坊邻居都出来向英灵鞠躬致敬。那个场面确实堪称庄严的仪式，但后来在我们结伴上学的路上，冈田君这样告诉我：

『那个盒子里没有装骨头。』

我惊讶地问他：『会有这种事儿吗？』

『里面只有贝壳一样的东西。』冈田君一吐为快似的说道。

居然会有如此荒唐的事情？虽然我感到难以置信，但既然是他说的就应该没错儿。

虽说如此，如果我父亲在冲绳荣誉阵亡而送回来的却是贝壳的话，我会做何感想？

我一个人仔细想过这事儿，但无论如何难以接受。

第七章　无条件投降

在我们家移居札幌的一九四四年，从春天开始，太平洋战争更加激烈。缩小到四开的报纸上，只有战况被大肆报道。

其中几乎都标明了『大本营发布』，以日军在南中国海和冲绳周边战果巨大的报道为中心。但是，实际情况却好像完全不同。

日军哪里是在进攻美军，相反是在节节败退。据说，已经有大批敌机飞到东京空袭，投下了大量炸弹。东京都内因此出现了『焦土荒野』。

总而言之，这样下去日本最终难免被赶进惨败的深渊。

如此这般，我们周围日渐一日地迫近了临战态势。

首先，晚上睡觉前要把防空帽和衣服摆在枕边。平时就要反复训练，保证不管敌机何时来袭都能迅速起床穿好衣服。

此外，母亲还在窗玻璃上交叉贴好了白纸条，以防玻璃被震碎四散伤人。

当然，夜晚实施灯火管制，几乎所有的照明都被关掉，连踏踏实实地看书都难以做到。

各家门口摆上了防火水槽。在白天，母亲她们要接受传递水桶的防火训练。

而且，母亲她们还要列队训练端起竹枪喊着杀声向敌人突刺的动作。可是，这样就能战胜美国大兵吗？

我心里疑虑重重。

虽说这里是北海道，但也绝不可能逍遥自在。

到了那个时期，所有的人家都挖了防空壕，并且演习一听到空袭警报声就逃进去。

在我们家，我和父亲也赶忙开始挖防空壕了。虽说如此，也只是在房前路边的小片空地上挖了个比榻榻米稍大的长方形坑洞而已。

如果敌机来袭，全家人就都钻进这里并盖上草席。

就在防空壕基本上挖好的时候，敌机就随着空袭警报突然飞来了。

我和父亲赶紧蹲在防空壕里。敌机低空飞过没搞什么动作，我们只是清楚地看到了美国大兵的面孔而已。

他们是不是觉得袭击这种缺心眼儿的父子也没什么意思呢？

听说，敌机后来在位于市区北部的丘珠机场附近丢了两三颗炸弹就飞走了。

总而言之，我们为了防备美机来袭做了各种准备。但是，就这个样子根本不可能取胜。

这事儿不光是大人，就连我这样的孩子都完全明白，日本战败的那一天就快到了。

战争日益激烈，日军已经溃不成军了。

进入八月，从事与军方相关工作的辰田姨夫来到我家。

他好像是偶然从旭川来到札幌顺路过来的。

据说，他向我父母表示『这场战争输定了』。

『听说大势已去……』

母亲这样嘟囔了一句。但说实话，所谓战败意味着什么，我并不十分清楚。

哦，关于这一点，就连父母还有周围的人们好像也不清楚其真正的意义。

不知是福是祸，北海道尚未看到丝毫遭到激烈空袭或美军登陆的迹象。

虽然粮食短缺日渐严重，而且穿的衣服也没有了，但是，人们对战败还没有什么切身感受。

但是，就在那几天之后传来消息：威力巨大的炸弹被投向了广岛。

不过，这个消息并没有登报，而只不过是作为小道消息在人们之间口耳相传而已。但也有人说『这下日本就败了』。

终于失败

一九四五年八月十五日，这天还在放暑假。中午，我跟母亲并排坐在里屋客厅收听电台广播。据说，中午有天皇陛下直接讲话的重要广播。

过了一会儿，随着整点报时，陛下的声音传出来了。

与『朕深鉴于世界之大势及帝国之现状……』一起，我只隐约听到『共同宣言』的词语，而其他内容几乎都没听明白。

但我后来听说，那个宣言（波茨坦公告）是由敌对国即美、英、苏、中向日本发出的共同宣言，其中写有日本的投降条件。

听上去好像日本接受了那些条件。

这样的话，今后日本还有我们该怎么办呢？

在『玉音放送』结束的同时，我向母亲询问。

『日本战败了吗？』

母亲静静地点了点头。

『那、今后会怎么样呢？』

我继续询问，但母亲什么都没说。

因为母亲也没有经历过战败的体验，所以问得再多当然也答不上来。

尽管如此，我总感到单独一人时心中忐忑不安。

于是，我总跟母亲在一起不离左右。

但是，母亲还有她自己的事情要做，进了厨房。我无可奈何，只好回到自己房间坐在书桌前思考。

所谓『战败』

在独自一人的时候，我进行了各种各样的思考。

所谓『战败』是怎么一回事呢？

这是不是意味着美军或苏军的士兵要来占领札幌呢？

他们当然是此前与日本交战的敌方官兵。要是被那种家伙们占领会变成什么样子呢？

这时，『无条件投降』这个词语突然浮现出来。

所谓『无条件』就是『不附加任何条件』。

既然如此，那就是说无论受到什么样的对待都逆来顺受吗？

我慌忙摇了摇头。

无论受到美军和苏军士兵什么样的对待都不能抗争！

不，那样绝对不行。

如果是那样的话，我也许会被他们抓住并随意杀掉。而且还有父亲、母亲以及姐姐。

开什么玩笑！如果真是那样的话，还不如继续跟他们战斗呢！在战斗中被杀死也比那样强多了。

『不过……』

这时，我又陷入了沉思。

事到如今，即使我一个人去战斗，或许也不会有什么结果。

他们是拥有大量武器的压倒性获胜者，所以，如果赤手空拳地与他们抗争，只能招致单方面的失败。

『那么，该怎么办呢？』

思考到最后，我微微地点了点头。

『也许除了一声不吭地退却之外，别无选择。』

『日本败给美国了。』

我脑海里又浮现出『无条件投降』这个词语。

不附加任何条件的单方面战败。

『今后无论受到什么样的对待都不能抗争。』

以这样的条件接受失败。

我感到十分痛苦，站起来走出了房间。

我穿上木屐来到屋外，盛夏的太阳在头顶灿烂辉煌。

我对着太阳嘀咕道『哎，日本战败啦』，可太阳却似乎根本不把这当回事儿，依然灿烂辉煌。

第八章　麦克阿瑟来日本

一九四五年八月十五日，日本输掉了太平洋战争。天皇陛下（昭和天皇）亲自向全体国民宣旨，接受波茨坦公告对美英苏中四国无条件投降。

那时我十一岁，是一名小学六年级学生。

无条件投降，就意味着无论受到那些战胜国什么样的对待都不能抗争。

不过，日本，或不如说我所居住的札幌，却像什么事都没发生一般恢复了宁静。

然而，过了不到一个月，美军空降在北海道的千岁机场。

占领军终于到来了。

大家都屏气吞声地看着报纸听着广播，十分担心今后的处境。但说实话，美军到来反而让人松了一口气，这种感觉更加强烈。

这也是因为此前有消息说，搞不好北海道会被苏军占领。

结果，进驻北海道的是美军士兵。

此前就听原先移居萨哈林和千岛后来逃生归来的人说，苏军又穷又凶残，把日本人所有的东西都抢走并且无故杀人。

如果从这方面来看的话，美军士兵就稳重和绅士得多了。

人们认为，既然都是被占领，还不如被美军占领能够免遭祸害。如此这般，美军到来。

实际上，在此前稍早时间，进驻军最高司令麦克阿瑟元帅就已经空降在厚木机场了。他叼着烟斗英姿飒爽地走下飞机舷梯，感觉像是来日本旅游。

此前只见过日军的我们已经忘掉那是敌人的将军，不禁叹息说『好潇洒、好帅』。

麦克阿瑟元帅虽然没来北海道，但好像有相当多的美军士兵来到千岁驻扎。

在宫城前自杀

那个时期，报纸上经常刊登自杀者的姓名。

据说，他们多数原先都是军人。因为惋叹日本战败，就在宫城前用手枪射击胸口或用短剑自杀了。

这虽然是令人痛心的举动，但很多人却漠不关心。

不，也许其实并非漠不关心，而是不想去管那种事情。

进一步来讲，他们此前身为军人作威作福，占尽了便宜。那种家伙还是赶快死了好——这种心情也不能说没有。

总而言之时代变了——连我这个孩子心里都很清楚。

虽然美军士兵稳重绅士，但我还是受到提醒——要防备他们。

首先，女性绝对不要接近他们。当然，那时还是女学生的姐姐也被母亲警告过。

但是，我们男孩子因为是第一次看到美国人，所以感到很新奇。到了节假日，我们就去市中心看美国大兵。

那里美军士兵虽然不很多，但因为个头高大，所以很显眼。

他们几乎都是单手拿着相机到处拍照，其中也有人跟日本女子同行。

后来我才知道，这就是跟美军士兵交往的日本女子即所谓『吉普女郎』。不过，看上去他们都很爽朗开心。

我以前看到过日军士兵共通的异常紧张感，现在又看到了美军士兵的爽朗大方，也说不清什么原因，就觉得日军战败也不足为怪。

『没什么可怕的嘛！』

我回到家里就向母亲讲了看到美军士兵的感想，而母亲却更进一步提醒我『还是要多加小心啊』。

就这样过了近两个月。有一天，在四开报纸上刊登了窃贼入侵某户人家的报道。

据报纸称，那户人家的日本雕刻等物品在大白天被偷走。报道最后还说明『现场留下了大脚印』。

此前报纸从来没有报道过这类情况。

这时我有点儿搞不明白，有个人就告诉我『大脚印指的就是美国大兵嘛』。

因为即使他们肇事也不能写明是美军士兵某某，所以只能说『现场留下了大脚印』。

我感到这事儿也太不合情理了，但大家却似乎都觉得因为日本战败了所以无可奈何。

采购黑市大米

在战败的同时，粮食状况也更加恶化了。

在战败之前大米就已经短缺，只能用薯类和南瓜填饱肚子，而此时就连这些食物都不够用了。

于是，大家就去乡下直接找农家匀一些大米给我们。

我也跟母亲一起，多次去过札沼铁路沿线当别村的农家。

但是，由于火车上总是满员，所以必须在早上六点开始售票之前去，否则很难买到车票。

所以，我就在五点左右从家里出发，先买好我和母亲的两张车票。

然后，我就跟母亲抓住吊环站在车厢里去当别村，帮农家干些活儿并请对方匀些大米给我们。

总而言之，那段时期囤积大米的农家最了不起，特别牛气。

离开农家，我跟母亲把米袋搭在肩膀上，连双手也提着米袋一起返回火车站。

虽然那种架势不太潇洒，但作为长子我只能尽力而为。

但是有一次，就在采购大米回家途中，突然有官员上车说要进行检查。

在那个时期，购买和搬运黑市大米属于违法行为，所以原则上是要被没收的。

当时，他们要检查我们的行李，于是我就明确地告诉了他们。

『叔叔，请等一下！』

官员听到我的话扭回头来，看到我还是个孩子就满不在乎地看着米袋里面发问。

『这是黑市大米吧？』

『可是，如果没有这个我们就要断粮了呀！』

虽然母亲没说话，但我已经什么都顾不上了。

『眼下还有不买黑市大米的人吗？叔叔也在买吧？』

周围乘客听到这里都赞同说『是啊、是啊』。

官员们似乎感到很尴尬，再次瞪了我一眼就默默离去了。

不久，火车到达札幌西部的桑园站，我跟母亲下车手提肩扛地回到了家里。

母亲看着我的样子忽然嘟囔了一句。

『你挺厉害的呀！』

『咱们又没做什么坏事儿嘛！』

虽然母亲只是点了点头，但我突然觉得自己能帮家里做事了，心里非常高兴。

自制烟卷

在粮食困难的同时，烟酒等嗜好品也十分短缺。
特别是父亲，好像因为烟不够抽而特别苦恼。
听说对面的圆山上长着烟叶，我就跟朋友一起去采。
但是，烟叶量很少，而且我不知道怎样把它变成烟卷。我先去向人请教，然后回到家里如法晒干。
等烟叶晒干之后，我就用手把它搓碎。
我跟父亲一起用薄纸把烟叶末卷起来，烟卷就做成了。
虽说烟卷做成了，但是直径太粗，感觉很难叼在嘴里。
即便如此，父亲似乎抽得很香。我问『香吗』，父亲高兴地点头说『嗯』。
虽说如此，连烟卷都得自己做，物资匮乏确实令人为难。不过，正是因为物资短缺才有机会学到很多本事——
连我自己都觉得这很了不起。

第九章　穿着木屐上一中

战败后的第二年四月，我升入了初中。

那时，札幌市有三所初中，而我决定报考据称最难的札幌市第一中学（札幌一中）。

这倒并不是我自己的希望，而是感到家里的气氛似乎都认为我报考一中理所当然。

当时的入学考试中有一件事我至今记忆犹新。那是在口头面试的时候。

『请你说出三个草字头的汉字。』

『荷物的「荷」。』

考官老师刚提出问题，我立刻答出了一个。但是，接下来却怎么都想不出来了。

我必须说出点儿什么才行啊！真不争气！就在这个瞬间，我突然想起小学时的班主任老师名叫菖蒲，于是立刻说了出来。考官老师感叹不已，点着头说『这么难的汉字你都知道啊』。

也是因为有了这么好的运气，我顺利地考上了札幌一中。不过，学校内部却与此前的小学校完全不同。

首先，虽然这实属理所当然——学校里只有男生。在体育馆中央悬挂的匾额上写着『质实刚健』四个大字。

而且在体育课上，学生们常常要在那位身材瘦高、也许当过军训教官的老师号令下步调一致地行进。

另外，学生当中有人曾经中途转入陆军少年学校和海军学校，而在战败后又回到了母校。

他们可以说是复员初中生，有时会十名或二十名聚集在一起谈论什么，看上去又稀奇又可怕。

实际上，他们常常会在放学后召集我们新生训话，说日本虽然战败了，但精神力量并没有被削弱。

我们列队直立，只是默不作声地听着。

往返六公里步行上学

从我家到札幌一中有近三公里路程。但是，因为规定只有住在三公里以外的人才能乘电车上学，所以我不被允许乘电车上学。

当然，因为如果乘电车上学的话，我就必须先去市中心的一条四丁目并在那里换乘，所以反而更麻烦且费时间。

于是，我就每天步行近三公里去学校，但从不感到辛苦。

我家位于市区西部的山脚下，从那里向南穿过种着蔬菜和花卉的田野，然后经过旧住宅区。

沿途景色极富变化，步行也很让人心旷神怡。

特别是在山边的玉米地里，秋天到来就有蝈蝈起劲儿地欢唱。

我在放学路上抓上几只，家里的笼子中总有五六只蝈蝈在鸣叫。

在更老的住宅区里，可能是因为老居民搬走新居民搬进来，在战败之后可以发现居民在逐渐地变化。

另外，当我下意识地向新搬来的阿姨点头致意时，阿姨也点头回礼并渐渐熟识起来。

就这样，步行三公里路程没有任何辛苦的感觉。不过，当时除了冬天我都是穿着木屐走路。

虽然我并不是没有鞋穿，但当时的习俗都觉得穿木屐显得粗犷而男子汉。

就这样，由于每天穿木屐往返六公里路程，我的脚就变成了扁平足。

其他同学都穿着鞋，为什么只有我穿木屐呢？虽然我很后悔，但我现在把这事当成初中时代的一个回忆来看待。

进入初中之后，最令我激动的就是每次上课都会换老师。

在小学校里，尽管实属理所当然——每个班都是由一位老师讲授所有的科目。

在初中里与此相反，讲国语课的是A老师，讲数学课的是B老师，每节课都会换不同的老师。

从此开始学习高难度的知识了，我心里非常高兴。

而且，在进入初中的同时，学习的科目也突然增多了。

例如，同样是国语课，在初中就分成了现代文和古文两种科目。

这个变化就足以让我感到学习内容很特别，或者说感到进入了专业领域，所以特别自豪。

而且，在学习古文的时候，常常出现以前在正月诗牌赛上听过无数次的古诗一样的文章。

原来是这样啊——我连续点头并更加深刻地理解了古诗的涵义。

那个时期，亲戚中的一位阿姨问我『进了初中感觉如何』，我明确地回答说『非常开心』。

也给穷小子吃

这所中学里每个班有五六十名同学。到了冬天，教室里左前方就会摆上炭炉。当时的燃料是煤炭，炉子旁边就有存放炭块的空间。即使是在上课过程中，坐在左边最前排的同学也要不时地站起来往炉子里添加炭块。

如果忘了加炭，教室里就会冷下来，因此有人提意见说『哎，太冷啦』。

另外，每天快到中午时，同学们就会在火炉周围摆上各自的凉盒饭加温。虽然大家都认可这样的做法，但有时盒饭里会装有大片腌萝卜，教室里就会充满异味。这时就会有人问『是谁的』，并且把有异味的盒饭拿开。

午饭时间到了，大家都从炭炉旁拿起自己的盒饭开始吃。

当然，由于那时还没有学校供餐制度，所以午饭的种类因人而异、多种多样。其中既有白米饭上摆着几颗腌梅干的，也有摆着烤鱼和各种蔬菜的。

不过，班里有时会出现一两个不带盒饭的同学。

最初我还以为他们忘了带饭，但其实是因为家里穷或母亲不在了，所以不能带饭。

于是，班级里管事的或者类似头头的男生就出来发令了。

『哎，你吃饱了吧？』

那个总是带着装满白米饭和丰富菜肴的男生，首先被收走了还没吃完的盒饭。

管事男生把收来的盒饭放在没带盒饭的男生面前，并用饭盒盖当碟子舀出饭菜。

『你吃这个吧！』

『这能行吗？』

没带盒饭的男生露出稍显不安的表情，然后瞟了一眼带大盒饭的男生轻轻点头致谢。

『没事儿、没事儿，反正那小子家是开批发店的。』

确实如此，在粮食匮乏的时期，能带来那样的大盒饭，也许他家真是黑市大米批发商呢！

『不过，你可要保护他呀！』

管事男生的意思是：他把盒饭分给你吃，如果他有什么事你就要帮他。

实际上，当发生了什么争执时，得到盒饭的男生肯定会站在分给他盒饭的男生一边。

在这种时候，谁都不会说『那小子是因为吃了人家的盒饭』。

大家都认为那是理所应当的事情。正是靠着互相帮助，大家才能健全地活下去。

第十章　情窦初开

理所当然的是，初中跟小学有很大的不同。

其中最大的区别就是初中里没有女孩。

哦，不仅如此，连女孩特有的可爱衣服和漂亮装饰都看不到，连女孩特有的聊天声和尖叫声也听不到。

这里确实是只有清一色男生的学校。

对于这一点，我没有任何不满。

男孩到了适当年龄，就是要过纯男人的生活并专心学习。我认为需要这样的环境。

实际上，在初中里充满了只有男生才能懂的纯男人感性。

以下内容上一章中有所提及——在午餐时间把盒饭分给没有带盒饭的穷小子吃。

作为交换，在让出盒饭的男生碰到困难时，分享盒饭的穷小子就必须鼎力相助。

这或可称为只有在男人之间通用的不成文规矩，是理所当然的常识。

不过，如果有女孩在场的话，这种做法恐怕就难以实行了。哦，即使万一得以实行，也必须做出解释以说服对方。

但是，如果只有男生的话，那就不必作任何解释了。

这就是男生团队的可贵之处——找有了更加深刻的体会。

初识手淫

进入札幌一中，令我再次惊讶和深受触动的是厕所里的涂鸦。

在看到那些涂鸦之前，初一暑假中的一天下午，我在自己房间里待着无聊，手不经意地伸向了裆部。

我完全没有想做什么的意识。

但是，我感到裆里的东西就像在等待手去触摸，开始逐渐变粗挺起。

我觉得有点儿奇怪，慌忙用力握住，就产生了一股从下向上蹿起的快感。

我初识手淫正是在这个时候。

从那以后，我不知道做过多少次手淫。

不管是在白天还是晚上，当我坐在书桌前学习时，裆里就会蠢蠢欲动。又来了——只见那东西又变粗了。

于是我再次手淫。

而且，在手淫射精之后我就会自然感到困倦，常常趴在书桌上睡着。

当然，我不想让母亲知道这件事情。

于是，我找来白布把射出的精液包起来，但在干燥后周围还是会变硬。

这样的话难免被母亲知道，我就开始用白纸包起来并立刻扔掉。但即使这样，仍然可能在垃圾箱里被发现。

虽说如此，这么频繁的手淫会不会出问题呀？

就在我忐忑不安的时候，偶然进入学校厕所便室看到了正面墙上写满的涂鸦。

『这是什么？』

我仔细一看，才发现是关于手淫的问答集。

『一天之内会有好几次冲动，做那么多次不要紧吗？』

『顶多两三次就不要再做了。』

『做完就会疲劳发困，不要紧吧？』

『发困是很自然的。困了就睡吧！』

『是吗？那我做的基本上没什么问题。』

这下我就放心了。不过，墙上还有其他的无数涂鸦。

当时，小巷的书店里出售名叫『粕取』的杂志。

那个时候，把以酒糟为原料制作的劣质烧酒叫做『粕取烧酒』。因为其中含有勾兑的原料，所以喝了容易醉酒难受。只喝三合（半斤多）就会烂醉如泥。因为这个缘故，人们就把只出到三期就停刊的娱乐杂志一概称为『粕取杂志』（酒糟杂志）。

那些杂志中刊登着低俗描写男女两性的内容，其中还有放大的女性生殖器图片。

虽然我偷偷买来那种杂志打开看，但图片模糊不清。

『这样还是搞不明白。』

不过，也许就是因为图片模糊不清，所以才能躲避审查摆在店前。

与此相比，学校厕所墙上的涂鸦倒是更加具体明白。

例如，关于阴茎的大小，有人问如果手淫过度好像就会疲软短小。

厕所墙上涂鸦对此做出了回答。

『没有的事儿。放心做吧！』

『不管做多少次都行。』

于是，自己就点点头放心了。

即便如此，我去公共澡堂时总会看到有的叔叔阴茎又大又长，有的叔叔阴茎又细又短。

为什么会有这种差别呢？

而且，如果自己的阴茎又小又细该怎么办呢？

这时，我看到了有关阴茎外形的提问和回答。

『最重要的是与女性接触时阴茎勃起的大小。虽然这也会因人而异，但不必因为看上去短小就产生心理负担。』

『原来如此啊！』

我再次点点头放了心。

虽说如此，那这些涂鸦又是谁写的呢？
当然，因为是初中厕所里的涂鸦，那就应该是初中生写的啦！不过确实挺厉害的呀！
年纪不大就能写这么多，也许堪称了解女性的超级老手呢！
不，也许那不是在籍初中生，而是毕业生潜入学校恶作剧地涂鸦呢！
虽然左思右想，可我还是搞不清楚。

男女同校即可消除

尽管如此，大家是不是都看过那些涂鸦呢？

当然，因为是在厕所里的涂鸦，所以几乎所有的人肯定都看过。

可是，关于这方面的事情谁都没有提起过。

大家都保持着『于己无关』的态度。

说到底，还是因为羞于被别人知道自己在厕所看过有关性的涂鸦吧？

不过，这些都是男人必定关心的重要话题。

只要发觉了这方面的内容就不可能不去看。

质疑答辩甚至涉及更加具体的性行为。

『即使是正式夫妻，只要不想怀孩子，在性生活时男方就要戴安全套。』

这是理所当然的事情，就连我都能明白这是怎么回事儿。不过……

『安全套也有不同情况。如果买了便宜货很可能会出现破裂，所以切勿在不正当商店购买。』

我感到十分惊讶——居然有这种事情！但既然写在这里，那就应该没错儿吧？

总而言之，那些涂鸦都是大有裨益的内容。

读了涂鸦之后获益匪浅并减轻心理负担的初中生肯定大有人在。

在那个时期，切实弄懂这方面的知识，可以说与学校课堂的学习内容同样重要。
虽然我对此十分理解，但那些涂鸦不久之后就全部被清除掉了。
因为后来学制发生了变化，札幌一中变成了札幌一高又变成了札幌南高中，学生也是男女同校了。

第十一章　包身女郎

『哎，渡边，等一下！』

放学后，我在走廊里被叫住了。

『你可真够嘴严的呀！』

『什么呀，没头没脑的？』

『你跟我一起去打工吧！』

来约我的是同班男生，他姓梅田。此时正是初中一年级的冬假之前。

由于我此前从未在别人手下干活儿挣钱，所以突然有人问我『干不干』还真有点儿紧张。这是进入初中后最新鲜、最富刺激的体验。虽说如此，可他为什么来叫我呢？他是不是觉得只要叫我就会二话不说地同意呢？

实际上，我嘟囔着说『好啊』。

回到家里我问母亲『可以去打工吗』，母亲只说了一句『那是要接触钱的事情，可不要搞错哦』就同意了。

『好的。这样一来，我也就成了男子汉啦！』

我感到自己突然成了大人，赶紧去那家名叫『宫川』的滑雪用具专卖店。这家店跟普通的杂货店大小差不多，只是在门口立着十几套滑雪板。这能叫『专卖店』吗？虽然我心里惴惴不安，但这个谜团立刻就被解开了。

这家商店对外伪装成运动用品店，但实际上却是黑店，向薄野大街的居民们运送黑市大米和酒类才是本行。

『这可不是滑雪用品专卖店呀！』

听我这样讲，梅田也点头说『是啊』，但他再没有详细解释，感觉像是『只要能挣钱就行』。

过了不久开始干活儿，我们把装好大米的稻草袋和包在布里的酒瓶放在雪橇上送往订货的人家。

送货地点几乎都是居住在薄野大街的女子的家。从门厅向屋里看去，摆设都很漂亮豪华。而且飘散出甜甜的香味。

这些女子在从事什么工作呢？我想到了在薄野大街较为多见的夜总会女郎。对方对我说『小子，谢谢啦』，还送给我巧克力和口香糖作谢礼。

我放下货物向最里边望去，每家都肯定会摆着一张大床，有时会扔着大本的英文杂志。

这下我全明白了，她们几乎都是『吉普女郎』。不，准确地讲应该叫『包身女郎』。

所谓吉普女郎当时是指向美军士兵出卖肉体的女子，而包身女郎则是指专属于某个美军士兵的女子。看上去似乎都差不多，但据说实际上包身女郎的收入更多，生活也更富足。

『原来是这么回事啊！』

我再次对店老板做生意手段的高明深感佩服。

首先，他把店面伪装成滑雪用具专卖店，但暗中却把黑市货物卖给挣钱多的包身女郎们。而且，把运送货物这种显眼的活儿交给我们初中生干，这样就能避免暴露。

手段确实高明。我一半惊讶一半感叹，倒也不觉得那是坏事儿。

最重要的是打工报酬相当高，还有好东西吃。

店老板领我去吃饭，我生来第一次吃到了拉面。面条量很足，是酱油风味，味道之美令我惊叹。店老板告诉我说，是从旧满洲回国的人最先制作了这种面条。

在薄野卖日历

我在这家滑雪用具专店打工的同时，还在这年的年底卖过日历。这也是梅田叫我去干的。他从日历制造商那里直接进货，然后在街头摆摊出售。

我们选址时犹豫再三，最后定在当时札幌市行人最多的狸小路上。但是，由于那里正规商店鳞次栉比，我们就只好来到外围八丁目的尽头出摊了。

虽说是出摊，其实也就是把草席铺在路上，再把日历摆在上面，以稍稍低于市价的价格出售。

可能会有很多人感到奇怪——那种东西能赚到钱吗？当时还没有把日历当贺年礼品送人的习惯，日历都是给自家买来用的。

『哎——都来看啦！新年日历啊！』

我向行人大声叫卖，有不少人过来购买。

好！这样下去生意一定不会差——虽然我自己这样想，但是，到了第二天就有貌似混混的家伙来找茬了。

『喂！这里是我们的地盘，要收地皮费呀！』

你就是这样说，我也没钱可交呀！

『叔叔，我们要是不摆摊卖这个就没饭吃啦！』

我尽量装出一副可怜相哀求，那混混男似乎觉得我挺可怜，说了声『好吧，那就拿几份日历顶啦』，随即拿起四五本最好的日历，又说『以后就由我们来保护你啦』。

从此以后，再没有不三不四的人来骚扰，我也就得以安心摆摊卖日历了。

『喂！卖得好吗？有什么难处吗？』

混混男毫不含糊地前来巡视。

『这样还行吧！』

说实话，日历卖得相当不错。

可能是因为梅田进的货色齐全，要不就是过路人同情我这个不畏严寒全力叫卖的初中生少年。

那个时候，在我们旁边还有个叔叔摆出将棋盘招过路人赌残局。

在棋盘上摆着貌似寡不敌众的王将，看样子像是陷入敌方包围之中大势已去。过路人给摊主几个小钱走几步残局，如果能把摊主将死的话，就能获得奖品或奖金。

我常常看他们对局，但无人能把摊主将死。

『这残局实际上是将不死的吧？』

在没有客人的时候，我就去摊主叔叔身旁询问。

『嗯。』

叔叔露出过意不去的表情。

『小子，你居然看出来啦！嘿嘿，不要说出去哦！』

把实际上将不死的残局摆成貌似大势已去——那位叔叔的蒙人神技令我惊叹。

这且不说，我们的日历卖得不错。虽然这话不能对那混混男讲，但确实是赚了一笔。

我回家让母亲看了我赚的钱，母亲笑眯眯地点了点头。

『干得不错嘛！可要悠着点儿花呀！』

我用这些钱买了梦寐以求的带金属边刃滑雪板和新的固定器，并且立刻去滑雪场穿上试滑了一番。

战争结束后不久，日本开始流行棒球了。

这个竞技项目属于敌国的体育比赛，所以在战争时期没有人玩。但是，战争在一九四五年八月结束了，所以从我进入札幌一中的四六年开始，棒球比赛迅猛广泛地开展起来。到了我上初二的时候，各地的旷野和学校运动场都有很多儿童在打棒球。虽说如此，当时棒球用具还很缺乏，大家就拿来各自父兄用过的棒球和手套凑在一起玩。

可能是因为即使如此棒球人气依然不减，所以从四七年开始，用橡胶制作的软式棒球和手套出现在街上的体育用品商店里。

看到这些，我越来越被棒球吸引。但说实在话，自己玩得并不好。

从那个时候开始我自己也认为，在学习方面倒还算说得过去，可是像运动身体的体操和体育项目我并不擅长。

但即便如此，我也觉得棒球很有趣并且很喜欢玩。不过，这样下去自己仍然很难达到理想的场上位置。

实际上，当时我主要担当的是一垒手或二垒手。

因为我个头较高，适合当一垒手，并不需要怎么跑动。我也当过二垒手，但这个位置在少年棒球运动中也不太重要。

比起这些，真正技巧高超、动作迅捷的家伙自然要做投手，或者是游击手和三垒手。

在目前的状态下，即使跟其他棒球队进行比赛，自己也不会引起观众注目。当时，在社区之间也会举行例如像一丁目与二丁目的对抗赛。我很想在这些比赛中显示自己的存在感。

这时，我想到了出版棒球小报。就是在主要比赛之后把赛况评论写在四丌纸上让大家传阅。

『在第七局中，山本选手腾空跃起抓住高远球，表现出了超高的防守技术！』

『在第九局中，小池放跑了绝佳的机会，令人遗憾！』

看到大家聚精会神地阅读我撰写的棒球赛战报，我感到自己仿佛变成了一流选手。

与此同时，在我写出这些评论之后，大家对我刮目相看并表示敬意，也令我感到十分高兴。

第十二章　受教于中山周三老师

进入初中后，我感觉最新鲜的事情就是不同科目由不同老师讲课。

此前在小学的时候，所有科目都由班主任老师讲课。可是，在初中里一个老师只讲一门课。

『就是这样按照固定老师和科目学习。』

我不知为什么感到自己更了不起了，特别高兴。

在这里，给我影响最大的就是教国语课的中山周三老师。据说，中山老师出身于国学院大学。在一年级时只讲授国语，但从二年级开始他还当班主任。

这位老师讲课特别新鲜而富于个性。

例如，当课本中出现了岛崎藤村的诗句『小诸古城边』的时候，老师就建议大家发声吟诗，或不如说放声朗诵。

于是全班同学都放声朗诵。

小诸古城边，悠悠白云飘。游子悲切切，乡愁何时了。

这个时候，老师并不纠缠于小诸古城位于哪个县的哪个位置、古城的名称是什么、所谓游子是什么意思等问题。

老师叫我们『只管放声吟唱，全身心地沉浸在诗情画意之中』。

托老师的福，我在反复朗诵课文的过程中，产生了豁达舒畅的感觉。对于游子这个词的理解也不只是到处游玩的观光客，而是诗情丰富的旅行者了。

如此这般，在几乎全部记住诗句的时候，接下来就转入此地附近发生的川中岛会战的故事。

『某月某日拂晓，武田军数千骑于岸边集结，随即肃然策马前行……』

据说，老师在学生时代热衷于说评书，曾经想当评书艺人。他朗诵课文时的字正腔圆也证实了这一点。

因为老师用这种方式讲课，所以没有一个人打瞌睡。

大家都竖起耳朵，倾听曾经几乎当上说书艺人的老师那字正腔圆的宣讲。

托老师的福，我现在还能吟唱或朗诵藤村几乎所有的诗歌。

在国语课上，还有一个快乐的事情就是汉字的『听写相扑赛』。

同学先把老师读出的汉字写在自己的纸上，然后与邻座同学核对答案。

例如，老师读出『帽子』，自己就用汉字写下来并递给邻座同学。

这时，如果写得正确就画圈，写错了就画叉。

每次大概出五道题，并把结果与邻座同学核对以决出胜负。当然，既有运气好获胜的时候，也有输掉的时候。

但是，想靠侥幸却是坚持不下去的，最终还是准确记住更多汉字的同学胜出。

老师把结果全部进行确定，然后列出名次。

『嗯。这回山田当上横纲啦！』

老师接着按名次说出大关、关胁直至平幕，并分开东西两阵发布结果。

看到这样的列表，大家就不可能不努力争先了。

所幸我常常荣冠横纲头衔。不过，偶尔也会有强手出现，于是我就退居大关了。

如此这般，总之中山老师的国语课妙趣横生，很有特色，不会令人感到无聊。

如今想来，不只是国语课，还有数学课和历史课，优秀老师讲授时都不仅限于课本内容，也不是传授解答试题技巧。向学生揭示相关科目的妙趣，才是真正的优秀老师。因为老师善于引导学生喜爱该科目，所以学生自然不会把学习仅仅当成义务，一生都将学而不厌。

始作短歌

这位中山老师本来是位诗人。

老师如今仍然属于札幌某短歌社团，并主办名为《原始林》的诗歌杂志。因为这个缘故，老师常常建议我们学生创作短歌。

所幸的是，由于我从小时候起就跟家人玩百人一首抢诗牌游戏，所以对短歌相当熟悉。

于是，我接受老师的建议尝试创作短歌了。

这样的诗句能行吗？虽然我没有自信，但由于意外简单地写了出来，于是拿给老师看。

『哦？蛮不错嘛！』

老师夸奖了我。

以下是我从初三开始按照中山老师建议写的短歌。

庐舍雪中掩，草帘遮南窗。难忘梦幻寒冬夜，融融映烛光。

北国风卷雪，茫茫浑天地。开拓时代纪念碑，巍然雪中立。

那个时候，我应该提交了五六首短歌。这两首被老师采用登在《原始林》上，得到了以下的评论。

『两首诗都没有流于甜美的感伤，发挥了真情实感。』

『虽然是初中生写的诗，但已经融会贯通了「风卷雪」这种富于乡土气息的词语，令人赞叹。』

因此而稍稍增加了自信的我继续创作短歌，其中两首被刊登在下一个月的诗歌杂志上。

漫漫漆黑夜，忽而忧生存。百思不解人间事，急来唤母亲。

苦思复冥想，几近自杀狂。突如其来陷恐慌，唯愿早遗忘。

这两首诗得到了老师的如下点评。

『这些短歌表明作者在坦率地追求希望纯真生存的自我内心世界。』

从这个点评得到自信的我按照老师的建议，作为初中生加入了《原始林》同人。

此后我又在杂志上刊登了如下短歌。

争争斗斗事，形形色色人。昏天黑地酿恶果，终现孤独魂。

孤独小世界，充满新希望。年轻梦想如泉涌，源源总流长。

露骨高声笑，一伙放肆男。欲向邪恶发谴责，相争无胜算。

关于这几首诗得到了如下点评。

『虽然观念性稍强，但显露出本人处理人际关系的心境，意味深长。』

以下是从这一年（初中三年级）到下一年发表的共四十首短歌中选取的一部分。

拥弟同床寝，忽而陷忧思。人间祸福总无常，谁能卜生死？

横幅桌前挂，慈母语谆谆。尊德二字头顶悬，陡生逆反心。

炉中急添柴，火种压炉底。掀开重压通通气，烈焰熊熊起。

漠然忆昨日，偶生懊悔心。桌旁零落柑橘皮，天真有几分。

对于这些短歌，老师做出了如下点评。

『看不到太多耽美感伤的元素，真实而明快地表现了自我开始觉醒的少年内心世界。颇有情趣。』

后来在我获得直木文学奖作为职业作家起步时，老师特意来到庆祝会场表示了如下感想。

『在渡边君的诗歌中，虽然也有对大自然的真切写实，但还可以看到深入挖掘自己内心世界的特色。只用诗歌来表现对于内心世界的兴趣已经渐渐感到有所不足，所以才使他踏入了更加自由自在的小说世界。』

总而言之，在我感受性最强的初中时代幸遇个性鲜明的中山老师，所做短歌得到夸奖并受到文学方面的各种启迪——这些毫无疑问都成为我后来踏入小说世界的原点。

第十三章　被盗

在我初中一、二年级的时候（昭和二十年代初期），札幌降下了如今已无法想象的大雪。

虽然马路中间的雪好歹算是铲掉了，但铲掉的雪都堆在马路两侧，行人就只能在雪墙中间匆匆穿行了。

如此一来，住在札幌这种大城市的人们终于能够自由通行了。不过，乡间的人们却由于暴风雪而只能走出一两公里。据说，还有人被大雪埋住导致死亡。

总而言之，那个时候经常下大雪。

我家周围也有很厚的积雪，即使从门厅上面的二层窗户跳下来，也只是落在雪里不会摔伤。

我把这个称作伞兵部队，常常躲开父母的眼睛从二层窗户往下跳着玩。

另外，在下了大雪之后当然必须上屋顶去除雪，而且外廊和大窗户周围的积雪也必须清除。

在星期天下午跟父亲一起除雪，已经成了日课作业。

『走！除雪去！』

听到父亲招呼，我就拿起铁锹先上了楼顶。倒也不会太费劲。

这是因为积雪堆得很高，不用梯子也能上房。

我跟父亲分工之后，就开始把楼顶的积雪铲下去。

这也出乎意料的简单，只要用铁锹把积雪切成块状向下一推，雪块就哧溜哧溜地滑下去了。

有时候，人也会脚下一滑从楼顶掉下去。不过，因为地面积雪很厚所以不会摔伤。

比起楼顶除雪，最难的还是清除埋在窗户和外廊周围的积雪。

如果不把这里的积雪清除掉，阳光就不能照进窗户。即使在白天，房间里也是漆黑一片。

除雪一般是从中午开始，在把窗户周围的积雪清除完毕之后，时间就到下午四五点钟了。

除雪完毕跟父亲一起享用母亲做的晚餐是最开心的事情。

『辛苦了！』

母亲必定会做一锅热腾腾的杂烩粥犒劳我们，此时我也会感到自己作为男子汉得到了认可，心里特别高兴。

那个时候，我在跟同学走在雪路上时，经常并排站着撒尿。

『哎，等我一下！』

同伴中有人打声招呼，随即站在路边开始撒尿。

于是，大家也都跟着开始撒尿了。

这种时候，有的人撒尿冲劲十足，但有的人却没有冲劲。当然，憋的时间越长就越有冲劲。大家各自撒尿冲垮雪堆也是一种乐趣。

据说，如果被尿液冲开的积雪孔洞呈黄色就是正常的，而如果略带红色的话就说明有病了。

大家先确认自己撒尿后雪中显示的颜色，然后再看看同学的并发表看法。

『那小子撒尿真冲！』『那种颜色肯定健康。』

不管怎么说，在冬天里随地小便只限于天气好的日子。而在暴风雪的时候，就根本无法随地小便了。

如果硬要随地小便的话，小鸡鸡就会缩起来。而且，大风会把尿液吹进自己裤裆里。

但是，在晴天时尽情地向洁白的积雪上撒尿，同时留下黄色的雪洞，确实会带来某种快感。当然，只要再次下雪，一切都会被掩埋掉。

『扮酷』的报应

就在这个时期，我去公共澡堂里洗澡时，皮靴被人偷了。

当时，我家里就有洗澡间。但是，由于每次都得用木柴生火烧炭相当费劲儿，所以就去离家四五十米远的公共澡堂洗澡。

最近，我穿着在班里抽签得到的皮靴去洗澡。其实，抽签得到的是『配给券』，皮靴是以它为凭证花钱买来的。

平时我总是把鞋放在收费柜台旁边的脱鞋处，但因为这回是刚买的新皮靴，所以我把它放在比脱鞋处高一截的存鞋处。

但是，在我洗完澡准备回家时去存鞋处一看，皮靴已经不见了。

『皮靴去哪儿了？』

我从脱鞋处到存鞋处来回找了好几遍，最后还是没找到。

柜台大婶也努力帮我找，但皮靴还是不知去向。大婶最后说『看来恐怕是被偷了吧』。

我心里想『为什么要偷皮靴呢？』，大婶说『因为那双皮靴蛮不错嘛』。

确实如此。那双皮靴的橡胶底内侧贴着布衬里，即使光脚穿鞋也很暖和。

『那么好的皮靴为什么要放在存鞋处呢？』大婶问道。

我说那样最合适，但大婶摇了摇头。

『好鞋还是要装在随身带来的布袋里，跟衣服一起放在衣筐中。以前就有个女顾客被偷走了新鞋呢！』

是这样啊！我觉得自己太失败了，但现在后悔为时已晚。

尽管如此，我还是感到很懊丧。

偷我皮靴的是个什么样的家伙呢？

我想查找一下，却又没有什么线索。

洗完澡的叔叔们似乎也对案犯毫不关心。

他们认为，把那么好的新皮靴放在存鞋处，被偷走也是理所当然的事情。

还有人说『那简直就像明摆着叫人偷啊』。

虽然我想反驳说『怎么会呢』，但别人说的也不是没有道理。

贵重物品还是要像柜台大婶说的那样，装进布袋里放在衣筐中。或者应该直接委托大婶看管一下。

『太失败了！』

我真是后悔不及，但又不能就这样待在公共澡堂里。

于是，我跟大婶借了一双大大的木屐，硬着头皮回到家里。

我向母亲说了在澡堂皮靴被偷的事情，母亲慢慢地点了点头。

『我就觉得不太保险，果然还是出事儿了啊！但是也没办法，只好还穿以前的鞋啦！』

不管我跟谁提起这事，大家的意见好像都不怪那个偷鞋的家伙而是说被偷的我不好。

而我也再次醒悟到自己耍帅真是太傻了。

那个时候，从我家去公共澡堂半路的电线杆路灯被盗了。

马路因此突然变得漆黑一片，令人忐忑不安。

不久，听说很快就要装上新灯泡了。

工人把长长的梯子固定在电线杆上，正在装新灯泡。

我和同学们一起看到了这个情景，心里莫名地产生了感叹。

『从那么高的地方偷走灯泡，好厉害呀！』

同学的表情好像在问『为什么』，于是我继续向他们说明。

『因为他爬到那么高的地方摘掉一个灯泡呀！』

对于小偷来说，也许确实需要那样做。但尽管如此，比起要冒的危险，得到的东西是不是太少了呢？

小偷穿什么鞋爬到那样的高处去呢？

而且，爬到电线杆上万一失足摔下来的话，恐怕不是濒死的重伤就是直接摔死。而得到的东西却仅仅是一个灯泡。

『是什么样的家伙偷走灯泡了呢？』

就在我琢磨偷灯贼如何之间，新灯泡已经装好了。

然后，灯泡在工人指令下打开，周围又像以前那样亮堂起来了。

『这样就放心啦！』

同学自言自语，可我仍然在琢磨偷灯贼的事情。

而且，偷灯贼肯定还会来偷灯泡。

我在心中暗暗地想：我要暗暗地观察偷灯现场。

第十四章　初次约会

我们的初中（北海道立札幌第一中学）在昭和二十三年（一九四八年）直接升格为新制高中（北海道立札幌第一高等学校），但是在两年后的春天，实行了大学区制改革。

此前的几所高中是公立男校，即第一高中和第二高中，公立女校即北海道立札幌女高和札幌市立女高。学区改制对这些高中进行了合并与分离。

这就是所谓高中的男女同校体制。先将札幌市分为东西南北四个区域，再把居住在各个区域的男女学生收编在同一所高中里。通过这样的高中重组，『札幌一中』约有六百人转入别的学校，五百多名学生转入改名为『札幌南高』的学校。

我因为住在市区西南部，所以依旧编入由一高改为札幌南高的学校，在这里迎来了居住在同一区域的女生们。

当时的札幌南高有九个班级，我在一班。转入的女生人数基本与男生相当，我们就成为了同班同学。

当时，男生纵向列坐，女生进来坐在旁边的座位上。

说实在话，我们男生都很紧张。

在这个状态中，今后能平心静气地学习吗？

不，更令我困惑的是，自己对身旁坐着的女生该说些什么、怎样说呢？

我感到如此紧张和困惑，还是因为太年轻吧。

我们做了自我介绍，并说明了住所周围和上学路线等情况，于是相互渐渐熟悉起来。过了没多久，我就天天期待去学校见到那个女生了。

当然，为了让她们看到自己好的方面，学习也要努力。

此外，男生们的装束也比以前整洁多了。

从目前来看，男女同校似乎卓有成效。

而且，随着相互越来越熟悉，聊起天儿来也更加热烈，好像还出现了互相有好感的情侣。

遇见天才少女画家

在那个期间，我这个年龄分为九个班级。但是，根据选修科目，也常常跟其他班级的同学一起上课。

出于偶然，我那个班上有个名叫加清纯子的女生。

她皮肤白皙，好像有肺结核病。她最擅长绘画，从初中起就有作品入选北海道画展，是有名的天才少女画家。

据说，她从那时起就常常请假去参加素描活动和东京的展览会。

实际上，在成为同班同学之后，她确实经常迟到早退。可是，老师们都对此睁一只眼闭一只眼。

总而言之，只有她受到特殊待遇。看到身边有这样的女生，我心中产生了反感——这家伙太随便了！

搞不清她是否知道我的心情，反正双方都像是漠不关心。但是，在某天的午休时间，我不经意地拉开抽斗，看到里面放着一封信。

这是谁给我的呢？我赶紧打开一看，信上写着『你这次生日由我来庆贺』，署名居然是——加清纯子！

望着信中的内容，我简直难以置信。

『为什么，给我？』

我跟她只是打过招呼而已，并没有更多地说过什么话。

她为什么要为我庆生呢？真是莫名其妙。

但是，据说纯子的姐姐后来看到她的笔记本里写着：『班里有个名叫渡边淳一的男生，感觉特别正儿八经。

哪天我要诱惑他一下。』

她就是因为这个接近我吗？

先不管理由如何，受到她的诱惑我感到很兴奋。

生日（十月二十四日）那天傍晚，我们在学校旁丰平川河堤的白杨树下相会。然后，我就跟着她前往市中心的薄野大街。

当时咖啡馆刚刚兴起，可她满不在乎地走进市中心的咖啡馆，一边向周围坐着的艺术家模样的男人们打招呼，一边在里面的桌旁跟我相对而坐。

说实话，我这是第一次进咖啡馆。她为我点了咖啡，并轻轻端起说『生日快乐』。

我也应和她端起咖啡杯，但后来并没有喝，只是默不作声地坐着。

周围的顾客好像都认识纯子，似乎对她跟穿学生装的我在一起感到不可思议，不时地朝这边观望，倒是没说什么。

后来过了大概三十分钟。

她说『走吧』，我就点点头离开座位，跟她走向黄昏中的大通公园。

在那里她说『我送送你』，然后一起穿过公园向西，在来到二十丁目时又向南走去。

我的家在南七条西二十二丁目，她是不是对此有所了解呢？

我们继续向南，来到我家附近时她说『好冷啊』。然后，她把自己的手伸进我的衣袋，轻轻握了一下我的手说『再见』。

我突然不想离开她，刚说了声『那个——』，却又不知该怎么办才好，就那样呆呆地站着。她很快就转过街角消失了。

我回想着她的背影嘟囔『我怎么这么傻呀』。

她陪伴我走了这么长的路，难道我不该知趣儿地说几句感谢的话吗？

哪怕是『谢谢』或『很高兴』都行啊！

我至少应该紧紧地握住她的手。

但是，事已至此为时晚矣。

『我真傻！』

我连续地责备自己，但一切都已经结束了。

拥抱求吻

而且，我后来又受到她的邀请单独相会，却依然只是走一段路，没有进一步的行动。

我想，她会不会对不知趣的我心怀不满呢？但她从未说过那种话。

只有一次，在下雪的夜晚，分别时我站住凝视着她，只见她仰起的睫毛上落着雪花。我虽然感到那很美，但最终还是没能说出口。

坦白地讲，在那之前我当然从未跟女性单独相处拥抱过，也没有接过吻。

可是，我在分别之后却总是后悔：为什么不跟她接吻呢？

虽然不能确定，但我觉得如果我强行拥抱求吻，她一定会允许的。

然而，我们在面对面时总是不能再向前迈近一步。

尽管我心里已经想好，再次见到她时一定要那样做。可真的见了面，我却还是止步不前。

对于我来说，女性，还有她，尚属遥远的存在。

据说，她告诉姐姐『他特别纯真无邪哦』。这话确实没错儿。

不，不能说我纯真无邪。

我心里很想跟她拥抱、接吻，但又感到会遭到严重失败而忐忑不安，因此最终还是没能付诸行动。

其实我觉得，如果对方不是加清纯子而是其他女同学的话，我好像就能做到。

但是，跟纯子却很难。

那是因为，我想到她除我之外还认识很多年长的男人。

实际上，即使进了咖啡馆，她也常常跟几位留长发的貌似艺术家男人寒暄并简单地交谈说笑。

我能否不向那些男子服输而勇于跟她接吻呢？能不能让认识那些男人的她满足呢？

如今想来，当时是无聊的自尊心压抑了我的感情，令我总是畏畏缩缩。

寒假就这样结束，高二的第三学期开始了。

第十五章　冰雪雕像

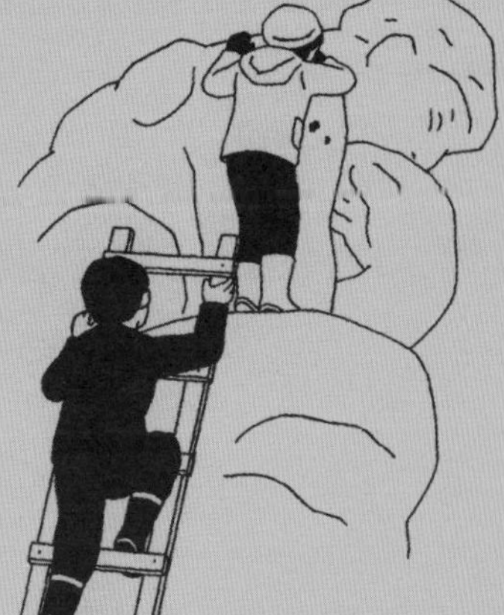

我在校期间，札幌南高一到冬天就会在校园里制作雪雕像，并且举行雪雕大赛。当时，大通公园是堆放市区积雪的场所，这里就出现了雪雕像。『札幌冰雪节』就创始于我上高一的时候。

班里同学事先要商讨制作什么样的雕像，然后全班同学共同协助制作。

在开始男女同校那年冬天，我们班里当然是以加清纯子为中心，确定了制作法国雕刻家罗丹的『思想者』。

虽然决定已经作出，但是包括我在内，几乎所有同学都不知道那个雕像原本是什么样子。

于是，放学之后，大家就在总指挥官纯子的带领下，开始在校园里堆雪了。首先必须堆砌底座。由于这是需要体力的单纯作业，所以大家必须齐心合力完成。到了开始制作『思想者』的时候，她的指令也越来越详细，而且连续不断地修正，大家就越干越累了。于是，一会儿走一个，一会儿走两个。

过了一个星期，帮忙的人就所剩无几了。

即便如此，我还是帮了不少忙。不过，后来我也渐渐感到太麻烦了，于是常常溜号。

然后，好像是过了一个星期的时候。

雪雕像基本成形了，但面部和手脚等细节部分还没有完成。

血洒雕像

那天放学之后，天气虽冷但没有下雪，是制作雪雕像的绝好时机。

雪雕像已经做成什么样了呢？我从二层教室窗口向校园望去，只见身穿红色风雪衣的纯子独自一人在制作雪雕。

我本想下楼去帮忙，但想起昨天制作雕像胸部时纯子说我『没有艺术感觉』，就想稍迟些再去。

当我从二楼教室观望校园雪景时，只见纯子突然抱住雕像不动了。

『她怎么啦？』

我觉得很奇怪，就从窗口探出上身仔细看。纯子仍然趴着不动，而雪雕像上有了发红的颜色。

『纯子吐血了！』

我不由自主地站起身来。

『不好啦！』

我漫无目标地喊了一声，慌忙跑下楼梯冲向白雪茫茫的校园。

如此说来，纯子有肺结核病啊！

一定是每天在寒冬露天下制作雪雕像，对她的身体造成伤害并导致吐血。

我赶紧跑到雪雕像前，把趴在上面的纯子抱了起来。

『不好啦！她吐血了。』

听到我的喊声，在附近制作雪雕像的同学们好像终于发现了。

几名同学跑了过来，其他同学去向老师报告。

过了几分钟，很多同学聚集过来把我和纯子一起扶下雕像。就在我把她抱下雕像后，急救车赶到了。

『怎么回事儿？』

急救队员向我询问，但只要看看血染的雪雕像就会一目了然。

纯子直接被抬上急救车，伴随着警笛声疾驰而去。

『这下就好了！』

我刚嘀咕了一声，接着又慢慢地摇了摇头。

『我太失败了！』

如果我再加把劲儿帮她制作雪雕像的话，也许她就不会吐血了。

就算她在指挥发令时有点儿蛮横，但哪怕只剩我一个人也应该留在旁边帮忙。

我的做法实在不妥。

我不禁嘀咕了一声『对不起』，但纯子已经不在面前了。雪雕像的肩头和胸前都留下了殷红斑驳的血迹。

休息一个月

此后她就没来学校。

被急救车送走，那就肯定是住进了哪家医院。

我心里十分不安，但不知道该问谁才好。

而且，我对自己的态度冷淡感到懊悔，更不好意思去问了。

就这样过了一个星期，雪雕展开始了。

但是，我们班制作的雪雕像在制作途中就被拆毁，没有参加比赛。

如果我继续像先前那样尽力协助的话，说不定还能获得优胜呢！虽然我心里这样想，但一切都已经无济于事了。

此后过了半个月、一个月，但纯子一直没来学校。

是不是那天咯血对身体影响太大了呢？

『诶？纯子来了。』

就在我担心不已的时候，时隔一个多月纯子突然出现了。

那是在上午第二节课的时候，我看到她的身影十分惊讶。

『她能行吗？』

看上去纯子并没有消瘦，脸色也还算不错。

经过一个多月的休养，她恢复健康了吧？

我本想立即向她打声招呼，但想到在她吐血前我态度冷淡，就什么话都没说出来。

左思右想之后，我决定给她写信。

于是，在下午上课时间，我裁下几张笔记本纸，躲过老师的眼睛开始抓紧写信。

那天放学后我打算去帮你制作雪雕像，但是因为同学有事找我拖延了时间。

我感到歉疚就从教室窗口观望雪雕像，立刻发现你咯血倒下了。

所以，虽然我是第一个赶到现场的，但还是『实在抱歉』，而且『我现在很爱你』。

我把信叠好，然后悄悄地放在了纯子的抽屉里。

『这样也许就可以了吧。』

虽然我有些担心，但看上去纯子没有什么变化，我就稍稍放下心来了。

如果有可能的话，我很想当面向她说『上次的事情请原谅』。因为她望着这边微微点了点头，所以我觉得这样就没事儿了。

纯子好像就那样一直跟特别要好的女同学谈论什么事情。

那天再也没有机会跟纯子说话，我就想以后另找时间好好谈谈。

但是，在第二天的午休时间，班主任户津老师突然叫我去办公室。

『哎！你把这种东西乱丢可不行啊！』

老师突然把我写的情书放在了桌面上。

用不着再看，那就是我给纯子写的情书。

『你的文笔相当不错，但里面有个错字。』

老师毕竟是国语专业，给我纠正了一个汉字。

『坏事儿了！』

但现在追悔也来不及了。

我深深地鞠了一躬，接过情书就走出了办公室。可是，情书为什么会被丢掉呢？我百思不得其解。

因为收到这封情书的是纯子，所以把信丢掉的就只有她了。

但是，纯子为什么要把它丢掉呢？

如果好好收在书包里的话，情书是不可能丢掉的。而且，要丢也不能丢在学校里啊！

我无论如何都想不通。

『为什么？』

那天我一直在苦思冥想，忽然出现了一个念头。
说不定纯子是故意把情书丢掉的呢！
『她是为了向大家表明我的后悔之意。』
但我转念又想，纯子不可能做出那种傻事。我自己摇摇头否定了这个推断。

第十六章　在东京幽会

从那以后，我跟加清纯子的幽会暂时中断。不过，随着冬去春来又得到了恢复。

虽然我仍对情书被丢在校内耿耿于怀，却并没有勇气直接向她问及此事。

实际上，那件事情即使搞明白了也未必能怎么样。

这且不说，在四月初我们参加修学旅行，先从青森去了京都，然后游览奈良又来到了东京。

那时纯子要去东京参加画展，所以她先行进京。我们约定在东京见面。

见面地点是纯子常住的本乡町旅馆。我去见面时，她正在一间安静的日式房间里等着我。

于是，我们聊了一阵此前游览过的京都和奈良的寺院，然后很自然地相互凑近并拥抱在一起。

不过，那也只是把胸前贴近而已，并没有进一步的举动。过了片刻，是她先离开为我沏茶。

难得在旅馆房间里单独相会，就只是喝茶聊天吗？

我再次对自己如此缺乏勇气感到惊诧不已，并在一小时后离开了她住的旅馆。

她肯定也对我的幼稚无知惊诧不已。虽然我这样想，但在第二天傍晚离开东京前，她依然如约来到上野车站为我送行。

不过，由于她嫌跟全体见面太麻烦了，所以我俩就在站台最边上悄悄相会，然后在发车前的瞬间握手分别。

在图书部活动室密会

我按照预定日程结束修学旅行返回，她也结束了在东京的事务回到札幌。

我们的恋情就从这时复燃（我自己这样想），比以前见面更加频繁了。

幸运的是，我在上高三的同时当了图书部的部长。如果问有什么幸运的话，那就是我可以掌管与图书室相邻的活动室钥匙了。

这就等于在校内拥有了可以上锁的个人专用房间。

当时的图书馆如今仍在，是钢筋灰浆墙壁的雅致小楼。一层排列着书架，二层是阅览室，三层书库最里面是活动室，白天还有女馆员值班。

不过，到了夜晚馆员也回家，这里就没有人了。

我发现这一点后，就在大家都走了之后把纯子叫进活动室单独密会。

虽说如此，我每天也只是窃窃私语地说说班里发生的事情而已。

但是，纯子买来了威士忌和花生米，我俩就在活动室里偷偷喝酒。

不知是不幸还是万幸，因为纯子的家就在图书馆前边不远，所以她即使回家耽搁得晚些也不必担心。

就这样，我每天晚上在活动室里跟纯子密会，一起喝威士忌酒。

如果这个情景被值班老师发现的话，也许会遭到勒令退学。

尽管我心里有这种担心，但密会一次就还想再见面。

就这样到了七月初。

那天在大家放学都回家之后，我仍然跟纯子享受密会的快乐。不知不觉已经到了九点多，我们必须回家了。走出图书馆，来到学生出入口时，只见一束手电筒光从前方照了过来。

虽然我心想赶紧逃离现场，但手电灯光已经照出了黑暗中的我俩。

『怎么？原来是渡边呀！』

这是巡夜的值班老师。

老师先用手电照着我嘀咕了一声。

『时间不早了，赶紧回家吧！』

老师看清我身旁是加清纯子，就这样提醒我们。

因为当时我跟纯子的事情老师们也都了解，所以也许想到我们晚上在活动室里密会后正要回家。

总而言之，我觉得老是这样做总有一天会发生问题。可我就是想见纯子。

虽说如此，两人见面也并没有深谈什么事情，也没有拥抱。

可是，我一边喝着纯子拿来的威士忌和葡萄酒一边谈论班里同学和老师们的传闻，还是感到其乐无穷。

说实话，每次见到纯子喝威士忌时，我都会感到自己渐渐变成了大人。

夜晚在活动室里跟女性密会喝威士忌酒，作为高中生这是不被允许的事情。

我虽然清楚这一点，但仍对敢于这样做的自己十分陶醉。

吻我吧

后来，在第二学期开始不久的一天。

那天夜里，纯子也买来了一瓶威士忌，倒进小酒杯一点点地喝。

这时，纯子突然对我说『吻我吧』。

最初的瞬间我以为她是在开玩笑，可看到她竟然真的微微撅起嘴来。

『啊？现在，为什么？』

我不明白她真心何在。

以前也曾多次一起喝威士忌，但此时是头一次提出这种要求。

我想也许她是在开玩笑，所以一时茫然无措。可她又说了一遍。

『吻我吧！』

这确实不是开玩笑。

我该怎么办呢？就在我茫然无措的时候，纯子走近一步明确地宣告。

『今天是我的生日嘛！』

原来如此啊！纯子在自己的生日里要求我吻她。

我虽然明白这一点，但还是无法行动。

『必须赶快行动……』

我这样想着，脑海里又浮现出纯子吐在雪雕像上殷红的鲜血。

『要是吻了她，就会传染肺结核。』

但是，纯子现在确确实实在要求我吻她。

『怎么办？』

我心里想现在必须吻她，却仍然下不了决心。

我还在犹豫，纯子再次发问。

『你不会吗？』

听到这话，我就向纯子面前迈进了一步。

然后，我闭上眼睛心一横就把自己的嘴唇贴在她的嘴唇上。

纯子回应我的吻，把舌头伸进我口中与我的舌头交融。

这样一来，我就要得肺结核了，就是那个一旦得上就很难治好、大家都唯恐避之不及的肺结核。

我陷入不安和恐惧，但不知为什么反倒十分坦然了。

就算是得了结核也没什么大不了的。

我是在纯子的生日里被传染的，这不也挺好的吗？

我怀着不安和将错就错的复杂心情吻着她。纯子像是有所觉察慢慢地离开，我的嘴唇与此同时离开了她的嘴唇。

『这下结束了。』

就在我这样想的瞬间，感到纯子似乎微微一笑，离开我从小袋里取出了镜子。

她对着镜子用纱布轻轻地贴了贴嘴角，然后拿起手边的杯子并倒上威士忌。

我默默地看着，纯子把另一只杯子里也倒上威士忌，递给我一杯点点头像在说『喝吧』。

我回应她也一口喝干杯中酒，纯子微微地点了点头。

『谢谢你！』

我后来回想起来，觉得纯子说这话好像是第一次。但我却莫名其妙心领神会似的点了点头。

后来，我俩不约而同地收拾东西各自回家。那是我跟纯子初次也是最后接吻的夜晚。

第十七章　高考复习的夜晚

在跟加清纯子接吻之后，我深信自己已被传染了肺结核。
总而言之，那次接吻时间不短，而且双方舌头完全交融在了一起。
说实在话，我根本没有预料到纯子会那样跟我深吻。
这既让我十分高兴，同时也让我感到恐惧。
这样我即使得了肺结核也无可奈何。我就把这当做自己对纯子深爱的证明坦然地接受吧！
我虽然这样说服自己，但作为现实问题还是令我忐忑不安。
即使如此，如果我真的被传染的话，会发生什么样的症状呢？想到这里我很害怕，但又不能向别人诉说。
不过，就在我胡思乱想之间，准备高考的课题逐渐迫近了。
此前我一直在犹豫，拿不定主意该报考东大还是北大。
但是，根据十二月的模拟考试结果来看，考上北大应该没有问题，但考卜东大的可能性是百分之五十。
如果此时再努力一把就能考上东大。我虽然这样想，但又比较淡然地决定，只要考上北大就可以了。
说不定，这是因为我大脑中还存在着肺结核的忧虑。但是，那方面的问题我自己也不太明白。
不管怎样，考上大学之后就大胆地去跟纯子见面吧！
我就是带着这样的心情开始准备高考了。

纯子似乎也明白，我正在为准备应试忙得不可开交。

但尽管如此，纯子打算今后怎么办呢？

她会不会进入像东京的艺术大学那样的地方呢？虽然我还考虑到了这些情况，但看上去她丝毫没有准备高考的迹象。

不管怎样讲，进了大学就与此前不同，会更加自由一些。我是为了获得那样的自由而进大学——我一边这样告诉自己一边刻苦地准备高考。

窗外红花

高三那年的十二月过去，转眼到了新年的一月。

高考复习也到了最终阶段，大家好像都在努力冲刺。

我也每天学习到很晚。一月过了一半的某个夜晚，房间的窗边有些冷。

这是怎么回事呢？我觉得奇怪，就站在窗边从窗帘之间向外望去，只见积雪上面摆着个红色的东西。

『那是什么呀？』

我打开窗户仔细看，像是一朵红色的康乃馨花。

我瞬间明白——纯子来过。

以前纯子也常来到我的窗外，朝窗边扔个雪球就走了。

我赶忙来到屋外巡视周围，却看不到纯子的身影。

她去哪儿了呢？

说不定，纯子只放下这支红花就坐车走了也未可知。

我反复向那支红花追问，但是它怎么可能知道呢？

总而言之，纯子也许是为了激励我刻苦学习准备高考而来。不过，她只放下了一枝红花，肯定是担心打扰我用功学习。

想到这里，我情不自禁轻轻地吻了一下红花。

你为什么默不作声地走了呢？

没能跟她单独说几句话使我深感遗憾，我只好把红花拿回屋里插在花瓶中摆在书桌上。

『纯子……』

我向那枝红花轻轻呼唤，又出神地望了许久。

第二天，我一大早去了学校，却没见到纯子的身影。

『纯子不来了吗？』

我向跟纯子特别要好的安来同学询问。

『纯子今天早上坐第一趟火车去钏路啦！』

她马上摇摇头回答我。

『去钏路？干什么？』

『她说要去冬季的阿寒湖写生啊！』

『去冬季阿寒湖写生？』

我虽然还搞不明白是怎么回事儿，但纯子已经不在札幌是确切无疑的了。

看到我哑然无语的样子，安来同学不解地发问：

『发生什么事儿了吗？』

『不……』

我想说明昨晚她在我窗外放下了一枝红色康乃馨花，但又觉得没有必要，就什么都没说。

在阿寒失踪

『纯子什么时候回来呢？』

我一边复习备考一边等待她返回。

冬季的阿寒一定是雪深天冷。在那种地方画画儿很可能着凉感冒。

『还是赶快回来吧！』

我喃喃自语着继续等待。过了十天之后，报纸上突然出现了意外的报道。

『天才少女画家在阿寒失踪。』

我不由得目瞪口呆。

既然是天才少女画家，那就只有纯子必定无疑。

实际上，在后来的跟踪报道中明确地写着『札幌南高三年级学生加清纯子』。

『纯子在阿寒去向不明了。』

这件事情在学校里也成了中心话题。

我知道同班同学三五成群地议论纷纷，可是没有人向我提及此事。

其实即使向我提及此事我也一无所知，而且没有心情做出应答。

虽说如此，可纯子到底消失到哪儿去了呢？

根据纯子住宿那家旅馆的人所讲，她在中午时分说『我去湖畔写生』，就穿着红色大衣出去了，所以并没有太在意。

我更加忐忑不安，就去找纯子的姐姐仔细询问，可加清全家人都想不到任何线索。

『喂——』

独自一人的时候，我就这样呼唤纯子。

纯子在前往阿寒的前夜，来到我家窗外放下了一枝红色康乃馨花。

她在离开札幌前夜特意前来，也许是有话要对我讲。

我为什么没有感觉到呢？

我再次想『太失败了』，但事到如今后悔也无济于事了。

考上北大

时光就这样匆匆逝去，我参加了高考。

考试结果，我顺利地考上了北大。

『喂——我要当大学生啦！』

如果纯子在的话，我第一个就想告诉她。

当了大学生，我跟纯子晚上喝威士忌也不会有人说什么了。

我还想再跟纯子拥炉而坐，悠然自得地畅饮威士忌酒。

可是，纯子已经不在了。

她究竟去哪儿了呢？

我很想独自一人去阿寒湖畔看看，但是很难下定决心。

就这样，三月到来毕业典礼结束，札幌的积雪也开始融化了。

总而言之，我很想见到纯子。

可是，纯子依然音讯杳然。不久，三月过去进入四月。

我进了北大，第一次戴上了大学生的角帽。我很想让纯子看看我这个模样。

看到我这个样子，纯子肯定也会把我当成大人对待了。

第十八章　雪中一点红

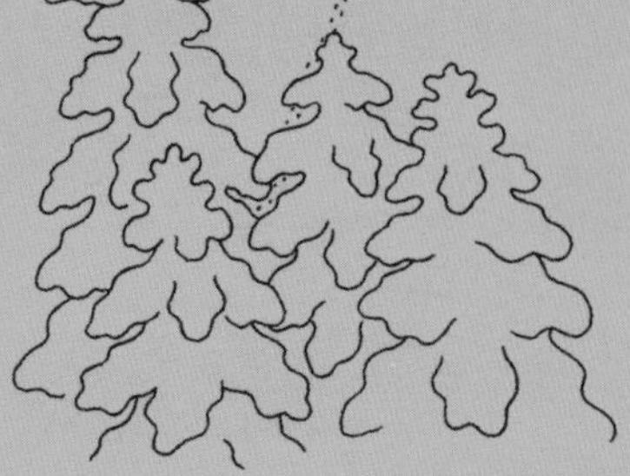

纯子失踪已经过了一个月，到目前依然音讯杳然。日子就这样一天天过去。

纯子究竟在哪里？她依然去向不明。札幌市内的积雪也融化殆尽。

某天早上，报纸突然登载了发现纯子遗体的报道。

据说，地点是钏路北部的钏北垰附近。在俯视阿寒湖的山间，身穿红色大衣的纯子俯卧在积雪中死去。

据说，发现者是当地林业署的工作人员。他说『因为进入四月积雪开始融化而得以发现』。

纯子到底还是死了。

失踪之后过了一个月、两个月，我感到纯子已经不在这个世界上了，已经死了。

但是，我根本无法想到，她会在冰天雪地的阿寒湖畔那般孤独地死去。

毫无疑问，纯子肯定是自己主动去寻求死亡。

既然她在隆冬季节孤独地俯卧在冰雪覆盖的阿寒湖畔，当然是即刻就被死亡世界召唤而去。

纯子希望以这样的方式死去——她如愿以偿了。

对于这一点，我也不明缘由地予以理解。

不过，她为什么一定要在这个季节去雪中阿寒孤独死去呢？

想到这里，我突然又百思不得其解了。

在我混乱的大脑中，又一次浮现出纯子在札幌的最后夜晚来到我窗外留下一枝红色康乃馨的情景。我继续苦思冥想。

那个时候，纯子肯定已经做好了死亡的心理准备，所以特意来到了我的窗外。

『是的。就是这样。』

纯子最爱的人是我。所以，她才会在札幌最后的夜晚来到我窗外留下那枝红色康乃馨花。

我终于明白过来，反反复复地小声念叨着纯子的名字。

六个男人

过了不久，纯子的遗体被送回札幌，随即举行了葬礼。

我虽然也知道葬礼的日程，但是没有参加。

如果我参加的话，在祭拜遗像时也许会突然喊着她的名字紧抓她的遗体不放。

我心中产生了自己可能失控的恐惧和不安，只好在自己家里祈祷纯子的冥福。

就这样，听说纯子的葬礼庄重肃穆地结束了。但是，后来又传出了奇妙的流言。

纯子在前往钏路前一天，还去了另外六个男人的家，并且在各家房前留下了红色康乃馨花。

而且，那六个男人都与纯子交往亲密，其中有绘画师傅和记者等人物。

『什么，真的吗？』

说实话，我感到非常惊讶。

先前我认定那天夜里纯子只给我送了花，并且对此深信不疑。

但是，她居然还给另外六个男人送了花。

『为什么呢？』

我深受打击，就像脸上挨了重拳。

原来爱纯子的不只是我一个人啊！

除了我之外，她还爱着另外六个人并与其交往啊！

『是这样啊！』

我怎么这么自以为是呢？

纯子确实不可能一直爱我这个幼稚的男人。

我冷静地思考之后，自然明白了这个道理。

我对自己的天真深感意外，最后想到『不过……』。

虽然我确实自以为是，但其他六个都是名副其实的大人。也许自己与他们同样被纯子当作大人对待，我还应该心存感激呢！

『就是这么回事儿吧！』

我一边安慰自己一边点点头。

不是肺结核

纯子死后，我得知了更令我深受打击的事实——纯子不是肺结核。

这是我从纯子的主治医师K大夫口中直接听到的说法。

据K大夫所讲，纯子经常假装肺结核患者。

那样她就可以随意旷课和早退了。而且，她还可以根据需要长期休假，也不会发生什么问题。

据说，她就是这样经常提交煞有介事的诊断书。

『这么说来，我就不会得肺结核啦！』

听到这个情况，我在特别惊讶的同时也完全放下心来了。

『吻我吧！』

当时，她十分明确地向我提出了要求。我就跟她长时间地深吻了一次。

『不过，那也没什么要紧的。』

『可是，她吐在雪雕像上的鲜血是怎么回事儿呢？』

我在看到那个情景的瞬间立刻冲出教室，跑过积雪的校园抱起了纯子。

当时，纯子确实脸色苍白，雪雕像被染得通红。

如果那不是鲜血的话……

可能就是颜料或普通的红色溶液。

『实在搞不明白……』

我使劲地摇了摇头，但如今只是遥远的回忆了。

少女画家之死

在纯子死后以及现在，我一直搞不明白她的心思。

不过，我再次思考之后产生了一个想法——纯子也许是『活得太急了』。

虽说如此，也许会有很多人产生疑问——那么年轻为什么着急呢？

但是，纯子是不是对自己即将告别少女时代感到恐惧了呢？

在纯子的名字前面，总是会加上『天才少女画家』的头衔。

这个头衔总有一天会失去。

高中毕业之后就会成为大学生，那么『少女』这个头衔就不适用了。

这可能就是最令纯子反感畏惧的事情吧？

而且她还有跟各种男人的交际，即所谓的异性关系。因为她还是个高中生，所以那种关系也很显眼而异常。

但是，如果她上了大学成为普通女性的话，这也就没有什么特异性了。凹止如此，也许她只会单纯地被看成是轻浮女人而已。

她不可能允许自己成为那样的人。

总而言之，她很想让自己保持与众不同的特殊女人形象。

纯子的心思是不是这样呢？

于是，在那个时候到来之前，她就要作为天才少女画家结束自己的人生。
她就是这样决定了在高三阶段去冰天雪地的阿寒湖畔终止自己的生命吧。

如今已经十分清楚的是，她在寻求死亡时身穿鲜红的大衣俯卧在雪中。
听到这个情况，我们产生的感觉是『寒冷、孤独、可怜』，但她也许已经被别的心思占据了灵魂。
如果就这样俯卧在柔软的雪中睡去，死神会在不知不觉中到来，自己也会在冰雪融化的季节被发现。
在那个时候，鲜红的大衣与苍白的脸庞，任何人看到都会感叹『多么凄美的少女之死』。
不，她是否预判到了这一点已经无从得知真相。
但是，她特别想上演一出凄美华丽死亡的好戏。这一点毫无疑问。
而实际上她实现了自己的愿望，她的死给很多人带来了巨大的打击。这也确切无疑。
而且，我到如今依然难以忘掉她。
后来，我把她的往事写进了《魂断阿寒湖》这部小说。以下是开头的一句。

怎样死去遗容最美？

这是我——不，是她的死促使我写的。

第十九章　进入北大

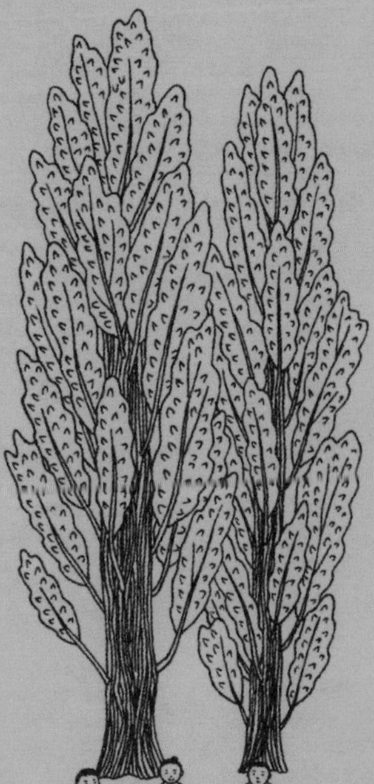

昭和二十七年（1952年）四月，我进入北海道大学成为一名大学生。

在报考候选学校中，我选择了东京大学和北海道大学。而北大就在本地，东大虽说也在及格范围内，但被录取的可靠性并不大。

当时的北大虽然以综合大学为目标，但法学和经济学等文科系部开设时间不久。

而且北大的师资阵容也不够完整，不得不以在暑假期间聘请中央的大学教授进行集中授课作为补充。

与此相比，由于北大的前身是札幌农校，所以农学部自不必说，工学部、理学部和医学部等理科已经十分充实。

虽说如此，在一、二年级的基础课程中也还是只分理科和文科，没有必要进一步选择系部。

于是，我决定选学理科，充分享受大学时代。

被加缪吸引

进入大学，我开始随心所欲地玩乐。

虽说基础课程本身排满了课程表，但根据自己的情况有时上课有时逃课也不会有人说什么。这与高中时代大不相同。

广阔的校园里绿树成荫，既有排排白杨也有高大的榆树。

在那个时期，我特别热衷于哲学和文学。

其中加缪的小说《局外人》特别吸引我。

我想很多人都对此有所了解，他是生于阿尔及利亚的法国作家。在阿尔贝·加缪的作品中，描写了没有动机的杀人。

小说以『今天妈妈死了』为开头，充满了所谓的倦怠感。由于我当时对向前看的生活态度开始产生抵触，所以这部作品对我很有吸引力。

在人们中间，确实存在着憧憬或委身于这种虚无生存方式的想法。

而且，我觉得那就是一种洒脱或称感性丰富青年的生活方式。

虽说如此，那毕竟属于感性问题，所以并不等于在现实中会怎么样。在与加缪相遇之后，我又沉醉于阅读拉迪盖和萨特了。

不过，比起这些，我还是觉得在当时号称全国第一的北大广阔校园里跟大家围坐草坪交谈更加开心。

在这座校园里，有一尊以『少年要胸怀大志』箴言著称的克拉克博士塑像。

有很多游客就是以此为目标来参观北大。我也常常被人叫住，一起在塑像前拍摄纪念照片。

那个时期，我怀有某种不信任女性的观念。

跟加清纯子的恋情对我影响很大——这一点显而易见。

从高二到高三，我的心胸全被加清纯子占据了。

在高中时代，我所爱慕的对象确实只有纯子一人。

但是，自从趴在雪中死去的纯子被发现之后，我才知道实际上她还有其他各色各样的男人。

她在即将踏上死亡之旅去阿寒的前夜，给七个男人都留下了红花。而我是其中最年轻的一个。

我原先以为她只爱我一个人，但那是我的错觉。我也终于明白，我顶多只是她的七个男人之一而已。

而且，我在她死后还知道了一件事，她已经开始写作名为《双重性爱》的小说。

坦率地讲，我对那件事情既没有产生怨恨也没有产生自豪。

倒不如说，我感到女人难懂。我强烈地感到，女人是自己这种人难以把握的、拥有巨大能量的存在。

失去童贞

在我进大学的同一时期，姐姐结婚了。对象是在北大医院工作的三十岁内科医师，而姐姐才二十三岁。他们是经过相亲结婚的。

虽说如此，母亲到底是怎么找到年轻医师做女婿的呢？我十分惊讶。

其实，母亲此前已经给超过十对情侣当过红娘了。

想到这里，或许就没有什么可惊讶的了。

总而言之，母亲平时就跟各式各样的人接触，面子很广。

也许正因如此，给自己女儿找个称心如意的男人实在是简单得手到擒来。

其实，当了我姐夫的那个人在跟姐姐认识之前就已经跟父母熟悉并意气相投。到了姐姐见面时，据说已经开始在父亲和丈夫之间谈论筹建个体医院和候选地址了。

就像在等待姐姐出嫁一般，此前姐姐用过的二楼房间里住进了一位女子。

这位女子叫大江澄子（化名），出身于旭川市。她与我是同一学年，为了考入札幌女子大学营养学部在我家二楼借宿。

据说，母亲并不直接认识这位女子，是嫁到旭川市的大姨介绍来的。她父亲在旭川从事宣传方面的工作，并担任市议会议员。

到底会出现一位什么样的女性呢？

虽然我十分期待，但她个头稍小，虽然性格开朗，但长相算不上是美女。

不过，我觉得她相当成熟，简直不像与我同龄。

我学着家人把她称作『阿澄小姐』，她很快跟我们熟悉并开始叫我『阿淳』。

说实话，我在那个时候还是童贞。以前跟纯子也只是亲吻过而已。

『咱们出去一下吧！』

有一次，她突然这样招呼我。

她的房间在二楼，而我的房间从小时候起就没变，一直在刚进门厅的地方。

我莫名其妙地跟着她上了街。走了一段路之后，她什么话都没说就进了情人旅馆。

这完全是我没有料到的事情。虽说如此，我们在里边还是理所当然似的相互拥抱起来。这是我对女性的初体验。

她似乎此前也进过这种旅馆，并且这次连费用也替我付了。

『对不起。』

『没事儿啦！』

我向她道谢，她轻轻地笑了笑。

『我跟各种各样的大叔玩儿过啊！』

她居然说出了这样的话。

她到底是什么样的女子啊？

我虽然搞不太明白，但从那以后就被她的魅力深深吸引了。

后来我们常常相会，并且多次做爱。

总而言之，因为住在同一所房子里，所以只要想做爱随时都可以。

例如在节假日，还有父母外出只剩我俩的时候。只要她使个眼色，我上楼去她就铺好了被褥，我们就开始相拥做爱。

当然，因为如果在家里做爱，万一被母亲发现就麻烦了，所以我们极力避免。不过，在需要时会有人满足我，这让我感到心情愉快。

虽说如此，但即使如今想来，她的做爱方式也相当老练。

正像她自己所说，由于经常跟年长大叔们发生关系，连我想象不到的体位都能满不在乎地做出来，而她自己也得到了满足。

确实可以说，她既是我的性伴侣，也是性爱的导师。

第二十章　搞哲学没饭吃

且不说当上大学生后的解放感，面对加清纯子的死这个意外的现实，也许我多少陷入了虚无感。

大学里的基础课程就像是为我玩乐而存在。

怀有这种颓废想法的我，犹如思想犯一般以吃喝玩乐度日。我成天推杯换盏、吞云吐雾、狂打麻将。

当然，在与女性亲密交往方面也干劲十足。

除了寄宿在我家二楼的阿澄小姐之外，我还跟西装裁剪学校年长六岁的女老师关系亲密。

大学的课堂有时去有时不去。我本来并不擅长理科，但我以北大文科实力不够强为理由，百般无奈地选择了理科。在物理、化学和数学等课堂上，我基本上都是看小说或打瞌睡。

当然，我的基础课程实在不怎么样，或者不如说惨不忍睹。

说到物理和化学，我通过参加补考才好歹算是拿到了学分。

此时『欠债』的负面影响，在一年半之后毫不留情地显现出来。

经过入学后两年的基础课程，学生们将转入各自希望的学部学科。不管是理科还是文科，选择的优先权都以基础课成绩优劣排序。

在理科中，工学部的建筑工学科和理学部的化学科人气最旺，基础课成绩差的人无论如何进不去。

以我的成绩到底能进什么学科呢？总而言之，我没有自信。

『嗯——你这个成绩，选理学部的地质学科或数学科应该没问题吧。』

『也就是说，除此之外都很难啦？』

我向学务科咨询，资深事务员言简意赅地告诉了我。

虽然我对将来就业方向并没有明确的展望，但仍然模糊地希望从事文科方面而且是以人为对象的职业。即使回想高中时代喜爱并成绩优良的科目，这也是顺理成章的选择。

对于本来理科就弱的我来说，接受地质和数学专业的教育会有什么意义呢？更何况是要一生从事的职业，这简直无法想象。

从理科改行为文科进入文学部，虽然并非没有这种选择项，但我先前就是因为嫌文科师资弱而报了理科进来的。这样想来就觉得白折腾一场。当时的文学部虽然有武田泰淳和高桥义孝等人执教，但很多著名教授只是在暑假中来此集中授课，因此学生倒是在暑假中变得最忙了。

到底该怎么办呢？我绞尽脑汁都找不到理想的结论。

照这样下去，我真的不得不靠地质学或数学安身立命了吗？

不，与此相比，我想到了更好的主意并打算身体力行。

我想到的是编入其他大学。

当时，京都大学的法学部和文学部认可学部编入，我就决定参加京大文学部哲学科的编入考试。我仔细地看着招生简章，曾经走访过的京都街景历历在目地浮现在脑海里。

千里迢迢兮不辞辛苦

我初次去京都是在高三时的修学旅行，昭和二十六年（1951 年）的春天。当时，上野车站的地下通道还常有流浪汉聚集，粮食供应状况也很糟糕，大家就各自带上饭票在外边吃饭。

四月初的一天，我们在中午过后从札幌出发，夜里很晚才到达函馆。从那里乘坐青函轮渡，在天亮时分到达青森。来往于栈桥上的人们脚步匆匆，口鼻呼出白气。青森站台上光线昏暗，距离很长。

从这里到京都，坐火车还要走二十四个小时。

列车早上六点从青森出发，经过弘前、大馆向前行驶，中午到了秋田开始发盒饭。再经过酒田、鹤岗，我们遥望浮在晚霞中的佐渡岛迎来了第二个夜晚。

列车在夜幕中勇往直前地疾驰，我在半梦半醒中听到站员报站『富山』、『金泽』。过了不久，天边蒙蒙发亮，清晨雾霭的彼方出现了辉煌。随着霞雾渐渐稀薄，我们知道那是朝阳辉映下的琵琶湖面。

我情不自禁地念叨着这句古诗。

『千里迢迢兮不辞辛苦。』

与此同时，我的心也开始激烈跃动。

『好啦！再加把劲儿就到京都喽！』

这种满足感和心跳感，只有体验过北国漫长旅行的人才能懂吧。

随着朝阳升起、朝霞消失，急遽扩大的湖面愈发耀眼。就在我出神地望着那片辉煌之间，列车经过米原终于到达了京都。

这就是从札幌出发后经过三十六个小时的列车之旅。

『京都、京都——』

广播中的重音放在『京』字上听起来很新鲜，感觉仿佛来到了异国他乡。

我们被带去参观的神社寺院几乎都没能留下记忆，因为还是修学旅行的高中生，所以导游的解说也都左耳朵进右耳朵出。无论怎样历史悠久的名刹，对于年轻人来说只不过是佛味十足的古屋而已。

参观了清水寺，我身临其境地体会到俗语所说『豁命跳下清水寺舞台』的意味——只有这一点我还记得很清楚。

当时的我就是这种状态。但只有『京都春天』的景色令我终生难忘。

四月上旬，在春霞之中，樱花春蕾开始绽放的京都街道，洋溢着我从未体验过的美丽。

我所看惯的虾夷山樱，在花开的同时嫩叶茂盛。而与此相反，京都的樱树繁花似锦，瑰丽无比。

是的。我很想成为京大的学生，沿着樱雪飞舞的哲学小道信步而行。虽然这个想法难免有从众之嫌，但我确实是真心期待。

数日之后，我突然被母亲叫去。

『儿子，你打算今后怎么办？』

『我打算进京都大学的哲学科。』

母亲一听，立刻斩钉截铁地摇了摇头。

『不要搞什么哲学。搞那种东西会没饭吃的。』

这个理由既明快又单纯，我顿时惊呆了。那我该如何是好呢？就在我目瞪口呆的时候，母亲斩钉截铁地发话了。

『进医学部，医学部！』

对呀！虽说医学专业也属于理科，但工作的对象毕竟是人，所以我觉得还是比较接近文科。而且，我听说医学部的学生对女性很有吸引力。

在北海道大学，只有医学部不会严卡基础课程学习成绩，而是通过考试决定升级。虽然称之为不利条件似有不妥，但因为允许外校学生应试，所以报考学生多，竞争率超高。

考虑到我基础课程的学习成绩，实在是没有自信。其中数学就是我的软肋。

『可是，根据我的基础科成绩恐怕考不上。』

『不是还有札幌医大吗？你去考那个大学吧！』

对呀！还有这条路子呢！

札幌市确实在四年前设立了道立的札幌医科大学。这所医大是特设医学部的单科大学，没有设置基础课程，而是把修完大学基础课程作为报考资格进行公开招生。这方面的情况可能是母亲从当医师的姐夫那里听来的吧。

我对离开北大校园有些依依不舍。但是，我实在没有心思去学地质或数学。与此相比，学习京都学派的哲学却是我最强烈的愿望。

我实在拿不定主意，于是决定跟父亲商量。

『你无论如何都讨厌当医生吗？』

『虽然并不讨厌……』

我跟父亲的对话总是很简短。不过，只凭那句话，我就领会了父亲希望我当医生的心思。

『你在参加医学部考试之后再去京都也行嘛！』

母亲的意见依然明快。

既然话都说到这个份儿上了，那我就不能不考医学部了。

我慌忙收集了以前医学部考试的资料，但自信却越来越缺乏了。可是，如果不应试的话，我就无法实现报考第一志愿京大了。

我在参加北海道大学医学部和札幌医大医学部考试的同时，还报名参加了京都大学文学部哲学科的编入考试。

北大考试的结果正如事先意料，因为数学是零分。札幌医大也没有什么自信，结果将在两周之后公布。

在参加札幌医大考试三天之后，我独自一人沿着三年前修学旅行的路线前往京都。

第二十一章　京都大原三千院

冰雪融化的季节，札幌市区浊水横流。我独自一人辗转两天到达的京都，彼岸樱花在和煦春光里迎接了我。

我住在离京都大学不太远的旅馆里，随后参加了文学部哲学科的编入考试。因为先前估计参加编入考试的人不会很多，所以我认为这个目标选对了。可是，当我进入考场时才发现，里面挤进了相当于招生名额近十倍的考生。怎么会这样呢？在考完试之后教官告诉我，编入考试要比普通考试难得多。

京大考试的结果要到十天后才公布。当然，这也可以委托校方发电报通知。但是，我无论如何不想离开樱花烂漫的京都。

我看了报纸后得知，今天的札幌又下雪了。

我来之前跟家里说好考完试马上返回。可是，我又想用多预备的钱再凑合住一宿，同时尽情地漫步京都街道。嫩叶萌发，在无限春光中熠熠生辉。京都的春天真是令人赏心悦目，美不胜收。我实在不想回到小雪稀稀拉拉飘舞的阴暗北国。但是，我又没有足够的钱在京都长期逗留。

『我把钱包丢了，有没有便宜的住处呢？』

百般无奈之下，我跑进京都车站附近的派出所说自己的钱包丢了。

『车站对面有个「旅客援护住宿所」，你去那儿吧！』

热心的警官这样告诉我，还帮我提前向对方打了电话。警官说那里住一夜只要一百日元。

我按照警官画的地图，在车站东侧铁路附近找到了那个住宿所。虽然我预料那里会聚集很多没有饭吃的人，而且环境脏乱，可到了那里看到的却是相当漂亮的两层楼房，而且没有人影。

一层有前台和接待室以及管理人办公室，客房是在二层。房间分男女，里面都是西式配置，左右摆着双层床铺，中间夹着桌子。

在当时，住一夜一百日元已经是难以想象的廉价了。

正如其名所示，旅客援护住宿所就是向旅途遭遇意外事故的人提供暂时寄身之所的设施，属于国营铁路管辖。

我在从旅馆转到住宿所时，给家里发信请求寄钱。由于先前说好的条件是考完试马上返回，所以母亲似乎有些不满，但好歹还是寄来了三千日元。

这下我就放心了。尽情地享受京都的春天吧！

我在心中拿定了主意。

就在这个时候，家里来了电报。

医大合格，祝贺你！马上回来——爸爸妈妈。

我考上札幌医大了。

我与其说是高兴，莫如说是松了口气。这样一来，我就有了去处了。如果可能的话，我想就这样升入京都大学，漫步在哲学小路上陷入沉思。可是，以我的编入考试成绩恐怕难以如愿。接到合格电报的两天后，就是京大编入考试成绩公布之日。

我从九条的住宿所出发，沿路观赏着京都的街景向位于一条的京都大学走去。我在校园里确认『学部编入许可者』的报考编号，到底还是没有我。

来自北国边陲的大学生

管理住宿所的是一位五十岁左右的大婶，给我的印象特别好。当我告诉她说自己是从北海道来考京都大学时，她感到特别惊讶。而且，她对我丢了钱包深表同情，照顾得十分周到。

『京都车站东楼地下有家站员专用食堂，你去那儿不用花多少钱就能吃饱肚子啦！食堂后边还有职员澡堂，可以免费洗澡呢！』

我按照大婶的话去看了，果然连住宿费一起有二百日元就能过一天。来这里住宿的人每天最多也就四五个，有时没有人来，这种时候二楼就被我全包了。

我可能在一段时间之内不会再来京都了吧。我做好了这样的精神准备，早上起来就去站员食堂饱餐一顿，随即展开京都地图大致决定当天的目的地，如东山、北山、鞍马等，然后就在洛中信步漫游到傍晚。

那一次，我在平安神宫看到了垂樱。它那婀娜多姿的妩媚令我哑然失语、默然呆立。它看上去简直不像天然造型，肯定是哪里有人恶作剧地制造了多层重叠的假花——那种震撼力使我产生了这样的错觉。它那过度的娇美甚至令我感到有失天然。

某一天，我从北向南游览了东山一带。第二天，我从岚山向保津峡进发。第三天，我从鞍马寺走过木根道去了贵船。虽然偶尔会乘坐公共汽车，但从未想到坐出租车。我只管信步游走，同时侧耳倾听街道上的响声。

通过这样的漫游，我对京都就不是从点到线，而是从面的维度有了把握。我在回到住宿所后，还帮着大婶登记管理手册和值班。

虽然我是为了考编入来到京都，但渐渐地感到自己并非人在旅途，而是多半有了定居的感觉。

在我多日漫游之间开始有了发现——京都与札幌具有相似之处。

下车出站后右侧有山，山麓有座『圆山公园』，连结东西的街道称为『条』。而且，市区中央有『鸭川』（京都）和『鸭鸭川』（札幌）流过。

这并非不可思议的一致。

朝臣出身的北海道开拓长官东久世通禧大人在札幌设置开拓使时，就是怀念京都制订了城市规划。

札幌其实是模仿京都修建的城市。

四月九日，这一天我乘坐电车到终点出町柳站，然后转乘公共汽车去了大原。

由于此时是工作日的午后，所以车上只有十名左右乘客。在经过八濑时一名乘客下车，然后两名乘客下车。到了三千院时，就剩下我和一位年轻女乘客了。

她皮肤白皙、鹅蛋脸，我从上车时就开始留意这位女子了。她把白纸裹看的鲜花抱在胸前，可能是刚刚上完插花课人在归途吧。她那柔顺的秀发梳成了中分发型。

在三千院站，我和她一起下了公共汽车。

『去三千院是走这条路吗？』

『是的。我也是去三千院，如果可以就请一起走吧！』

我望着她那窈窕的腰背果断搭话。她停下脚步回头微笑着应答。

我顿时喜不自禁，连行礼道谢都变得笨拙起来。这样与她单独同行，也许是前世修得的因缘。我跟她一起行走在春意融融的京都乡间小道上。

最初我紧张得不敢跟她说话，但在来到山门前缓缓的坡道上时，我终于恢复了平静。

『你也是去三千院吗？』

她含糊地点了点头。

『你是从哪儿来的？』

『北海道。』

『是吗？』

当我这样回答时，她惊讶地回望了我一眼。

『那边还在下雪吧？』

我告诉她我是北大学生，并了解到她是同志社大学的学生。

跟这位美丽女子并肩走在春光无限的田园阡陌之间，我简直兴高采烈极了。虽然这里离花开还有一段时间，但在荡漾着春日柔光的大原乡间，升起了燃烧冬季枯草的青烟。远方传来云雀动听的鸣啭。

沿路擦身而过的行人和路旁的人看到她都会点头致意。

三千院的石阶出现在眼前，登上石阶就应该是寺院入口了。

为了抢先买好两张门票我刚要加快脚步，她忽然嘀咕了一声。

『那我从这边进去了！』

她说完就从检票口旁边的通道进了门。寺院的人也不叫她出示门票，而是俯首让路。

我感到十分意外，在看不到她的背影之后向检票人打听。

『刚才那位是什么人啊？』

『那位女子吗？她是本院住持家的小姐。』

我与下凡天女遭遇，简直是一场白日梦。

我回到住宿所时，收到了一封快信。

明天九号札幌医大就开学了，你到底在干什么呢？

母亲来信责怪我了。

从大学校方来讲，学生本人既不去办理入学手续也不参加入学典礼，这真是岂有此理。但后来因为母亲代替我去了，所以得到了特别许可。

就这样，我在札幌医大迈出了当医生的第一步。

图书在版编目（CIP）数据

我永远的家：珍藏纪念版 /（日）渡边淳一著；侯为译. -- 青岛：青岛出版社，2017.1
ISBN 978-7-5552-5086-9

Ⅰ. ①我… Ⅱ. ①渡… ②侯… Ⅲ. ①自传体小说－日本－现代 Ⅳ. ① I313.45

中国版本图书馆 CIP 数据核字 (2016) 第 321866 号

山东省版权局著作权合同登记号 图字：15-2015-49 号

书　　名　我永远的家（珍藏纪念版）
著　　者　（日）渡边淳一
译　　者　侯　为
出 版 人　孟鸣飞
出版发行　青岛出版社
社　　址　青岛市海尔路 182 号（266061）
本社网址　http://www.qdpub.com
邮购电话　13335059110　0532-85814750　（兼传真）　0532-68068026
策　　划　刘　咏
责任编辑　杨成舜　E-mail：ycsjy@163.com
特约编辑　张姗姗
装帧设计　余一梅
图片支持　渡边直子　渡边淳一文学馆
照　　排　青岛双星华信印刷有限公司
印　　刷　北京利丰雅高长城印刷有限公司
出版日期　2017 年 3 月第 1 版　2017 年 3 月第 1 次印刷
开　　本　大 32 开
印　　张　6.25
字　　数　120 千
图　　数　60 幅
书　　号　ISBN 978-7-5552-5086-9
定　　价　49.00 元

编校质量、盗版监督服务电话　4006532017
青岛版图书售后如发现印装质量问题，请寄回青岛出版社出版印务部调换。
电话：0532-68068638
本书建议陈列类别：日本・畅销・小说

我望着她那窈窕的腰背果断搭话。
她停下脚步回头微笑着应答。
这样与她单独同行，也许是前世修得的姻缘。
我跟她一起行走在春意融融的京都乡间小道上。
我与下凡天女遭遇，简直是一场白日梦。

——【日】渡边淳一《我永远的家》